第六辑

中国生肖

诗歌大典

主编 杨吉成

卷十一·戌狗卷　卷十二·亥猪卷

戌狗卷
亥猪卷

Zhongguo shengxiao shige dadian

四川出版集团
巴蜀书社

图书在版编目(CIP)数据

《中国生肖诗歌大典》/杨吉成主编. —成都:巴蜀书社,2013.6

ISBN 978-7-5531-0230-6

Ⅰ.①中… Ⅱ.①杨… Ⅲ.①古典诗歌–鉴赏–中国
Ⅳ.①I207.2

中国版本图书馆 CIP 数据核字(2013)第 069512 号

《中国生肖诗歌大典》(精装、全六册)
主编 杨吉成

策划编辑	施 维
责任编辑	陈 红 童际鹏 张照华 张红义 张 亮 肖 静
	王群栗
出 版	四川出版集团巴蜀书社
	成都市槐树街2号 邮编 610031
	总编室电话:(028)86259397
网 址	www.bsbook.com
发 行	巴蜀书社
	发行科电话:(028)86259422 86259423
经 销	新华书店
印 刷	四川省南方印务有限公司
照 排	成都勤慧彩色制版印务有限公司
版 次	2013年6月第1版
印 次	2013年6月第1次印刷
成品尺寸	170mm×240mm
印 张	77.5
字 数	1540 千
书 号	ISBN 978-7-5531-0230-6
定 价	300.00 元(精装、全六册)

本书若出现印装质量问题,请与印刷厂联系

《中国生肖诗歌大典》第六辑

目 录

戊狗卷目录

东篱狗吠守生肖 /2

古代涉狗诗

国风·召南·野有死麕		/12
国风·齐风·卢令		/13
小雅·节南山之什·巧言（摘录）		/14
天问（摘录）	战国·楚·屈原	/15
怀沙（摘录）	战国·楚·屈原	/16
十五从军征（摘录）	汉·无名氏	/16
刺巴郡守诗	汉·无名氏	/17
赋犬	三国·吴·张俨	/18
狗	晋·张华	/18
归田园居（摘录）	晋·陶渊明	/19
群狗	唐·释·寒山	/20
淇上田园即事	唐·王维	/20
访戴天山道士不遇	唐·李白	/21
逢雪宿芙蓉山主人	唐·刘长卿	/22
湘中纪行十首·洞山阳	唐·刘长卿	/23
草堂（摘录）	唐·杜甫	/24
犬	唐·李勉	/24
送元评事归山居	唐·钱起	/25
雪	唐·张打油	/26
犬离主	唐·薛涛	/26
山店	唐·王建	/27
犬鸢	唐·白居易	/28
答箭镞	唐·白居易	/29
和郭使君题枸杞	唐·白居易	/30
送道者	唐·贾岛	/31

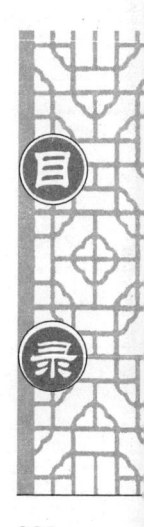

秋日与冷然上人寺庄观稼		黄茎芙蓉乳狗	元·虞集 / 49
	唐·费冠卿 / 32	题李廸画犬	明·高启 / 50
哭砚山孙道士	唐·姚合 / 32	金丝犬	明·瞿佑 / 51
山中喜静和子见访	唐·施肩吾 / 33	暮景	明·申光汉 / 52
再归松溪旧居宿西林	唐·徐凝 / 34	游天坛山	明·谢榛 / 52
夜会郑氏昆季林亭	唐·方干 / 35	潞阳晓访冯员外汝言	明·谢榛 / 53
小游仙诗	唐·曹唐 / 35	题犬	明·张凤翼 / 54
猎犬行	唐·苏拯 / 36	题画	明·释德清 / 54
失题散句	五代·卢延让 / 37	山家	明·姚旅 / 55
寒夜吟	五代·成彦雄 / 37	秋日过子问郊原	明·王伯稠 / 55
猎犬	宋·梅尧臣 / 38	巫夔道中	明·黄辉 / 56
狂犬	宋·孔平仲 / 38	冬日穆湖村居同蕴辉上人赋	
吠狗	宋·苏轼 / 39		明·释智舷 / 56
为慧林冲禅师烧香颂三首（选一）		舟中见猎犬有感而作（二首）	
	宋·黄庭坚 / 40		清·宋琬 / 57
守犬	宋·吕徽之 / 41	官军行	清·汪琬 / 58
春日田园杂兴	宋·范成大 / 42	村夜	清·费锡璜 / 59
晚春田园杂兴	宋·范成大 / 42	山村	清·戴寅 / 60
赵南伸寄王朴画猫犬戏为之赋		淮阴边寿民苇间书屋	清·郑燮 / 61
	宋·楼钥 / 43	山中卧雪呈青岩老人	清·郑燮 / 62
郊行	金·郦权 / 44	小园	清·郑燮 / 62
阎立本职贡图	金·阎长言 / 45	竹枝词	清·郑燮 / 63
狗马辞	元·杨维桢 / 46	野月	清·吴进 / 63
宿卓水	元·许衡 / 47	过访随园主人不值	
海狗窝石图	元·袁桷 / 48		清·汤扩祖 / 64
题窝石海狗图	元·柳贯 / 48	过田家	清·牟峨 / 64
题犬	元·贡性之 / 49	怀中诗	清·马体孝 / 65

山居	清·方芳佩 / 66	江城子·密州出猎	宋·苏轼 / 78
夜宿田家	清·赵文楷 / 67	水调歌头	宋·王质 / 79
花贡驿	清·严烺 / 68	念奴娇	宋·沈瀛 / 80
弥望	清·沈承瑞 / 69	鹧鸪天·黄沙道中	宋·辛弃疾 / 80
夜访同人清玉山堂	清·陆费瑔 / 70	转调二郎神·五和	宋·刘克庄 / 81
义犬塔	清·乌尔恭阿 / 71	醉蓬莱	宋·无名氏 / 82
大水行	清·厉同勋 / 72	【双调】拨不断·长毛小狗	
草田畦	清·徐文心 / 73		元·王和卿 / 83
鹰犬	清·归懋仪 / 74		
度佛耳岩	清·沈湘 / 75	**古代涉狗赋**	
偕伯夔登涿州城楼	清·顾翰 / 75	大狗赋	三国·魏·贾岱宗 / 85
		走狗赋	晋·傅玄 / 89
古代涉狗词曲		伤毙犬赋	唐·佚名 / 93
青玉案·和贺方回韵，送伯固还吴中			
	宋·苏轼 / 77		

亥猪卷目录

十二生肖猪压轴	/ 98	豪彘赞	晋·郭璞 / 115
		封豕赞	晋·郭璞 / 116
古代涉猪诗		无题	唐·释·寒山 / 116
周易·睽卦上九爻辞	/ 108	诗	唐·释·拾得 / 117
国风·召南·驺虞	/ 109	田家	唐·王绩 / 118
国风·豳风·七月（摘录）	/ 110	薛记室收过庄见寻率题古意以赠	
小雅·南有嘉鱼之什·吉日	/ 110	（摘录）	唐·王绩 / 118
小雅·鱼藻之什·渐渐之石	/ 112	嘲武懿宗	唐·张元一 / 119
天问（摘录）	战国·楚·屈原 / 113	烧歌	唐·温庭筠 / 120
大招（摘录）	战国·楚·景差 / 114	异俗二首（选一）	唐·李商隐 / 121

洛下寓怀	唐·薛能 / 123
寄洪正师	唐·罗隐 / 124
选人歌	唐·无名氏 / 125
题蜀宫壁	五代·黄万祐 / 126
蒸豚	五代·紫衣僧 / 126
煮猪头	宋·苏轼 / 127
闻子由瘦，儋耳至难得肉食	
	宋·苏轼 / 128
雷阳书事	宋·秦观 / 129
北园杂咏	宋·陆游 / 130
祭灶词	宋·范成大 / 131
驱猪行	金·元好问 / 132
金人出猎图	元·张雨 / 133
豕图行	元·戴良 / 134
题富好礼所畜村乐图（摘录）	
	明·刘基 / 135
和陶归田园（摘录）	
	明·陈献章 / 136
虎来	明·沈周 / 137
乐神曲·城隍	元·沈贞 / 138
七夕梦梅花	清·黄宗羲 / 139
野蔓	清·潘高 / 140
二母彘	清·王廷绍 / 141
承宫牧豕	清·陈嵩庆 / 142
得岱峰临安学舍书却寄	
	清·钱泰吉 / 143
春日游西湖书院	清·张印 / 144

古代涉猪词曲

莺啼序·重过金陵	
	宋·汪元量 / 146
西游记·二郎收猪八戒（摘录）	
	元·杨景贤 / 149
猪八戒自述（之一）	
	明·吴承恩 / 164
猪八戒自述（之二）	
	明·吴承恩 / 166

古代涉猪赋

大兰王九锡文	南朝·宋·袁淑 / 167
交趾献奇兽赋	宋·司马光 / 168
编后记	/ 178
跋	/ 181

中国生肖诗歌大典

第六辑(卷十一)

戌狗卷

柳于林　陈独愚　主编

东篱狗吠守生肖

生肖狗的来历

生肖的诞生，与上古先民记录时间的需要分不开。

中华大地上的炎黄子孙，在进入文明社会以后，就迫切需要记录节令、确定历法。随着社会的进步，还需要记载历史、总结人事方面的得失，把经验教训留给子孙。记史总离不开记时，于是"干支纪时法"便应运而生，无论是年、是月、是日，都用周而复始的60干支组合来记，几千年来绵延不断。

在采用天干地支记时以前，还有一个更加古朴而原始的阶段，就是用大家熟悉的动物来命名时间。有人认为，这是因为农耕社会以前，还有一个以狩猎采集为主要生产方式的漫长时期；那时人们最熟悉周围的动物，它们什么时候休眠，什么时候觅食，什么时候蜕皮，什么时候掉毛，大家都弄得清清楚楚。有些动物的活动相当守时，于是那些动物就成为人们谈论时间的代表，久而久之，大家选择出12种动物依次轮值，便用这种特定动物来记录月份。后来又推广为记录年份，每12年轮回一次。由于地支共有12个，轮值年月的动物也是12个，它们联合在一起，便成为"十二生肖"。

动物纪时的方式促进十二生肖形成后，在某一动物轮值的年份出生的人，他的属相就一生定格为这个动物——这倒是件非常有趣的事情。

以生肖动物轮流值年，并与人的生年挂钩，于是远古先民们很容易想到，这种动物必然与当年生下的小孩存在一定关系，比如动物的性格，可能会与人的气质相融合，这就给星相方术家带来了想象的空间。由于地支不仅记年记月，而且还可以记日，于是生肖动物后来又参加进值日行列，衍生出种种占算方术。

1975年，湖北云梦县睡虎地11号秦墓出土大批竹简，其中有一批古老的《日书》，是先秦流传下来按日推算的方术书籍，有一章标题为《盗者》，其内容是利用失盗日期的地支生肖，推测盗贼的相貌特征，颇有"天方夜谭"之妙。其中提到戌日，首先指出轮值动物："戌，老羊也。"接着推测盗贼的特征：他的脸带赤色；他性格刚愎；有胡子在颊上。他的藏身之处往往是粪窖附近，或是土中。

在十二生肖里，戌对应于狗；为什么这里把戌对应于"老羊"？学者饶宗颐解释说，《古今注》称"狗一名黄羊"，《本草纲目》卷二十四也称"狗又名地羊"，所以古代的狗也可以称作"老羊"。

无独有偶，1986年甘肃天水小陇山放马滩修建房舍时，也发现了秦代墓葬，出土一批竹简，其中也有《日书》。在盗篇中提到的戌日是"戌，犬尔"，证实了饶教授解说的正确性。这一《日书》推测盗贼躲在柴火堆或厕所中。样子是"黑单"，性格是"多言"：这就更像狗了。

汉代也有这种《日书》。1998年，随州孔家坡汉墓里有《日书》出土。其中写道："戌，老火也。"这里的"老火"，显然是"老犬"的笔误。对于盗贼特征的推测，是"赤色，短颈"，其为人刚愎。又说，那人眼睛鼓，脸大，头短，是个男子。汉代的方术书比前面两本讲得更详细，强盗相貌特征判断得活灵活现，可是这只能证明生肖文化在秦汉已经奠定下来，而这种刑侦手段显然十分荒唐，而且幼稚可笑。

东汉王充《论衡·物势》篇曾经明确指出："戌，土也，其禽犬也。"说到这里，我们才明白，古人习惯把生肖动物叫做"禽"，今天人们称为"属相"；而且生肖狗与地支戌的关系，是扯也扯不开的。

狗为何入主戌宫

为什么值守戌宫的主人是狗？民俗学家研究了很久很久。

有人说，戌时，是阴生阳降之时，相当于现在的19时至21时。由于人们都循着阳动阴静的规律休养生息，在古人看来，接近半夜的这个时间段，应该属于阴性，自然是睡眠休息的大好时机。自古以来狗就担负起司夜的责任，因此狗的生活颠倒过来，它们这一时段反而活跃。黑灯瞎火之时，正好需要家犬忠实地守护门户，以防盗贼。所以，狗理应入主戌宫。清代刘献《广阳杂记》引李长卿《松霞馆赘言》"戌时方夜，而犬则司夜之物也，故戌属犬"，作出这样一个结论。

狗被选列于戌宫，还有以下几条理由，从而约定俗成：

一是图腾崇拜。中国是多民族国家，各民族都有各自的图腾。如汉族崇拜龙，皇宫里头尽是龙；满族崇拜马，有马神庙；纳西族崇拜牛，见《东巴经·创世纪》；而瑶族就崇拜狗，并奉犬为始祖，列入氏族族谱，神庙中四时致祭。

二是亲密关系。狗为六畜之一，从古以来就是人类狩猎护家的好伙伴。自从狗被驯化以后，人与狗的关系，就非常密切，几乎无处不在。古代宫廷有狗，还设有专门管狗的官员，如"犬人""狗监"之类，其职责为"掌犬牲，相犬，牵犬"等。过去农村民间差不多家家有狗，其来源可以追溯到公元前8世纪，《三秦记》说白鹿原的狗枷堡，"秦襄公时，有天狗来其下。凡有贼，天狗吠而获之，一堡无患"。从此，各村各户养狗守户，蔚然成风。史籍中常以"鸡鸣犬吠之声"来描述一个地方的稳定安宁。

三是忠诚所感。狗虽不会讲话，但天性忠诚，看家护院，必尽职守，见到陌生人登门必狂吠不止，直待主人发话方休。相反，遇见了主家家人，则态度大变，摇尾相迎，引人怜爱。俗话说"狗不嫌家贫"，可见狗是有情有义的动物，即使主人家一贫如洗，它也不会离弃；倘若主人迁居深山老林，它也生死相随。连乞丐所养的犬只，也不离主人左右，毫无背主之意。而且，狗从不怀仇记恨，任凭主人打骂呵斥，决不背叛，摇尾如初。古今中外都有狗酬主报恩的佳话，例如河南荥阳西南有灵犬义冢，据说是为楚汉战争中舍命救刘邦的黄犬所造,事见《荥阳县志》。

四是能力超人。狗能做许多人类所不能做的事。现代有缉毒、缉凶、救灾等专门犬类,堪称人类的好助手。狗还能传书送信,早在古代就有这种事例。如晋代陆机远在京师,多年不见家人,也没得到什么信息,十分挂念。想到身旁名叫"黄耳"的大狗,平时非常伶俐,还能听懂人话。陆机便试问黄耳:你能不能为我送信?黄耳摇尾示意,表示能够办到。陆机就写信装进竹筒,挂于犬颈;想不到一个半月以后,黄耳居然带着家里的回信,回到陆机身边。

狗有这些美德和素质,古人将狗选入戌宫,便应当是顺理成章的事了。

狗与人的关系史

狗是全人类的伙伴,凡有人居住的地方就有狗的存在。

狗属于哺乳动物,品种繁多,经专家调查,中国狗的种类有125种。据记载,古代的狗身,最高可超过1米,最矮仅20厘米;最重的达120公斤,最轻的不足2.5公斤。

在吉林榆树县周家油坊文化遗址处,人们发现,在公元前2.6万到前1万年的更新世晚期地层中,有大量哺乳类化石存在,其中就有家狗头骨的"半化石"。石器时代的家狗遗骸,证实了中国东北地区的先民,已开始将狗驯化。近年来,考古人士在距今7000～6500年前的浙江余姚县河姆渡遗址中,发现过狗的骨架;在距今7000年前的河北武安县磁山遗址中,又发现有狗头骨的前半部和下颌骨。从生物学特征来看,这些遗骨无疑属于驯养成熟的狗。

古籍记录同样表明,东胡、犬戎、狄、肃慎的先民,很早就驯养了狗。殷墟出土的甲骨文中有"狗"的象形文字。《甲骨卜辞》有"于帝史风,二犬",意思是说风是天帝的使者,故用二犬祭祀。2002年,考古工作者在河南洛阳市中心城区,发现了东周天子的车马坑,其中有7只殉葬的狩猎犬骸骨。可见先秦时期,贵族们都喜欢驱车狩猎,狗是必不可少的伙伴动物。

也有专家论说,早在15000年前人类穴居的图画中,就已经看到有狗的形象。中瑞科学家组成的研究小组,研究了来自五大洲的654只狗标本,分析它们体内的"线粒体DNA",发现这些狗拥有几乎相同的基因。因为东亚地区狗

的基因类型最丰富，研究组推测东亚地区可能是世界上家狗的发源地。瑞典家畜专家珀·詹森认为，东亚人是最早驯化狗的这一推测，是"非常令人信服的"。美洲大陆的第一批定居者带着狗这一发现，显示了很多年前狗就和美洲人生活在一起。

世界各地不乏名犬。在中国古代史册中，先秦时期以名犬为宠物互相馈赠的活动，不一而足。《尚书·旅獒》序载："惟克商，遂通道于九夷八蛮，西旅厎贡厥獒。"獒是一种大型狗，《尔雅·释畜》说："狗四尺曰獒。"獒自古就是名种，今天西藏的藏獒就是它们的遗族。北方民族的胡犬也是名品，"似狐而小，黑喙善守"。《穆天子传》中记载周穆王与西王母交换的物品中，就有"良犬"和"守犬"。古籍中经常提到短狗和短尾狗，本是南方民族豢养的名犬，通过进贡移入中原，成为人们的宠物；京犬"哈巴狗"是其代表。据《清稗类钞》介绍，世界上最珍贵的狗，实唯北京所产，共有六种：一是京师狗，二是哈巴狗，三是周周狗，四是小种狗，五是预毛狗，六是小狮狗；尤以京师狗、哈巴狗、小狮狗为上品。

从功能上分，现代犬类就有守家犬、看门犬、猎犬、警犬、军犬、缉毒犬、导盲犬、救生犬、消防犬、宠物犬、表演犬、牧羊犬等，还有作为交通工具的雪橇犬。

不妨这样说，全世界的人无不爱狗。在漫长的历史长河中，各国在繁殖犬类、筛选品种、培育新种方面，都作出过大量贡献。至今犬种众多，用途扩大，属于寰球人民的共同成果。

狗的生物学习性

现在谈谈狗的本领和缺陷。

狗的嗅觉灵敏度，位居各种牲畜之首；特别是对酸性物质，灵敏度要高出人类几万倍。狗的嗅黏膜位于鼻腔上部，表面有许多皱褶，面积之大约为人的四倍；嗅黏膜大约有两亿多个嗅细胞，是人类的四十倍；而且嗅细胞表面，还有许多粗而密的绒毛，可以增加与气味物质的接触面积。因此，狗辨别气味的能力特强。比如警犬，就能辨别十万种以上的气味。人穿过的雨靴，虽经三个月之久，警犬也能嗅出穿靴的人是谁。缉毒犬能从众多的邮包、行李中嗅出藏有大麻、可卡因等毒品的包裹。搜爆犬能够准确地搜出藏在建筑物、车船、飞机中的爆炸物。救助犬能够寻找深埋于雪地、沙漠及倒塌建筑物中的遇险者。

狗的听觉灵敏度也很高，不仅能分辨高频率的声音，而且对声源的判别能力也很强。有人测试过，狗的听觉灵敏度约为人的十六倍，这对人而言是难以想象的。晚上，狗即使睡觉也保持着高度的警觉性，对半径1公里以内的各种声音，都能够分辨清楚。

不过，狗的视觉就比较差劲。狗眼的调节能力，只有人的1/5~1/3，所以俗话说"狗眼看人低"，一点不假。对于固定目标，狗在50米之内能够看清，超过这个范围就看不清了；但对运动的目标，则能感觉到825米远的距离。不过，狗的视野非常开阔，单眼的左右视野为100度到125度，上方视野为50度到70度，下方视野为30度到60度。正前方的东西，它们看得最清楚。

狗是色盲。在狗眼里的世界，就如同黑白电视的画面一样，只有亮度的不同，无法分辨色彩的变化。

狗的味觉也很迟钝。吃东西时，很少咀嚼，几乎都是在吞咽，食而不知其味。

狗的表情比较丰富。"喜怒哀乐"通过全身的变化，毫不掩饰地表现出来。比如高兴时摆动尾巴。有时狗也会"笑"，鼻子上堆满皱纹，上唇拉开，露出牙齿；眼睛微闭，目光温柔；耳朵后伸，鼻内发出哼哼之声。一旦发怒，它便两眼圆睁，耳朵斜后伸直；露出牙齿，发出呼呼的声音；而且用力跺脚，体毛竖立，尾巴陡伸；如果它前肢下伏，身体后坐，就表明马上要发动进攻了。狗恐惧时的表情，多半是尾巴下垂，或夹在两腿之间；耳朵后伸，两眼圆睁；浑身颤抖，呆立不动或者后退。狗在哀伤时，基本上表现为垂头丧气，两眼无光，向主人靠拢；有时身卧一角，变得极其安静。

有关狗的传说

关于狗的最早传说，以古代狗国的来历为冠，实际上那是一种图腾崇拜的民俗；瑶族、畲族流传的"盘瓠"神话，就基于图腾崇拜这种古老的意识形态。那些民族的祖先认为，狗与自己的氏族有着血缘关系，因此不能伤害狗，不能吃狗肉，专门立下民族禁忌。不少民族的神话里都说，人类学会种植粮食作物，全靠狗的功劳；因为狗从天上取回了粮种，才养育了人类。因此，那些地方在每年收获粮食作物时，蒸出来的第一锅米饭要先喂狗。西南许多民族如哈尼族、景颇族、普米族、布依族、傈僳族的"尝新节""新米节"，无不与此类崇犬神话有关。有的民族甚至还将狗列入家谱。

《玄中记》记载了一个远古故事，说明"狗封氏"的来历。传说高辛氏族有个美女未嫁，那时犬戎作乱，民不聊生，帝高辛便下令：有人能把犬戎讨平的话，就将美女嫁给他，并封以三百户的爵位。这时有条狗名叫"槃护"，听到命令，立即跑了出去，三个月后便衔着犬戎头领的头颅回来了，说明它已平息了暴乱。帝高辛认为不能失信于它，否则就无法管理天下民众，于是决定把美女嫁给槃护；但让他们迁居到会稽东南二万一千里的海岛上去，将那里三千平方里的土地封给他们。后来他们生下的男孩还是狗形，可是生下的女孩却是美女。

在古文献中，涉及狗的故事还有很多。

《晏子》书中有一段故事：由于晏子身材短小，出使楚国时，楚人开了个小门在狗洞旁边，请晏子进入。晏子说：出使狗国的人才从狗门进入；现在我是楚王请来的客人，不应当从狗门进去。楚人无以应答，赶快道歉，觉得这个玩笑开得弄错了对象。

《风俗通》上有个不信邪的故事：汝南人李叔坚，年轻时担任县里的从事，有一天在家，家狗忽然像人那样站立起来，在家中转来转去。家里人都说这狗作怪，应当杀了它。叔坚说：犬马也要学君子之行，狗见人在行走，仿效一下又有何妨？叔坚后来当了县令，回家时脱了官帽，放在榻上，狗却把官帽戴起来就走，家里人全部惊愕不止。叔坚说：那是狗误触了官帽，帽上的缨绳挂着它了，你们不要大惊小怪。后来狗又上灶，这可是件不吉利的事情，家里人越发觉得奇怪。叔坚又说：我们家儿童妇女都在田里劳动，狗能作什么怪？坚决不肯杀狗。过了数日，家里并没有出任何倒霉事，倒是那狗自己却暴病而死。后来叔坚官至太尉，得到善终。

《搜神记》记载了一个斩蛇的女英雄，曾经得到狗的帮助：东越国有道庸岭，高插云霄；山下北面低地中有条大蛇，长七八丈，大十余围，经常骚扰民众,使当地都尉和长史非常头痛。后来巫师说,这蛇想吃女童,需要满足它的要求,才不会作祟。从此,人们每年八月都找个女童祭送到蛇穴之中,蛇立即出来吞了,然后平安无事。已经用了九个女童来喂蛇了,轮到将乐县李诞的小女李奇(一作李寄),该她当年被送进蛇穴。李奇也不害怕,只向父亲要了一把利剑,带着一只猎犬,预先做好几斗米的糍粑,用蜜拌和,放在穴口。只见那蛇伸出头来,大得好像粮囤,眼睛好像二尺直径的镜子。它先见了糍粑,于是吞吃得津津有味,李奇便趁机放出猎犬去咬蛇;同时抽出剑来将蛇一阵猛刺,结果杀死了蛇,除了当地一害。越王得知这件事情,便决定聘李奇为王后。

《续搜神记》中的故事说:会稽郡句章县人张然,工作在县城,常年不能归家,家里的少妻便与家奴私通。张然在县里养了一条狗,名叫乌龙。后来张然得假归家,家奴与妇人想借机谋杀他,做了有毒的饭食,摆在桌上。家奴当门倚立,悄悄准备了弓、箭、刀。张然正准备吃饭,按照习惯先将盘中的肉饭喂狗,但狗不肯吃,只是注目舐唇,望着家奴。家奴此时连连催主人吃饭,张然发觉情况不妙,便拍着大腿叫唤一声:乌龙!狗便应声向家奴扑去。家奴不防,丢了刀杖倒在地上,狗便咬住他的头;张然顺势拔刀斩奴,同时将妇人送官治罪。

《续搜神记》中还有故事更精彩:晋太和年间,广陵人杨生养了一条狗,十分怜爱,一刻也不离开左右。有一次,杨生饮酒大醉,倒在大泽的密草中,躺着不能动。那时冬月的野火烧起,风又猛烈,狗围着他叫唤,他醉得根本毫无知觉。前方正好有一坑水,狗便跳进水里去,将浑身弄湿,跑回来用身上的水洒在杨生左右。周围的草因为沾水伏在地面,火烧了过去,没有伤人;直到杨生醒来后方才发觉。过了好些日子,杨生摸黑行路,坠入一口空井之中。狗在井边呻吟了一夜,天亮后有人路过,见到此狗向井号叫,便过去查看。杨生说:老兄救我出来,自当厚报!那人说:我不要你的厚报,就把此狗送给我,便救你出井。杨生说:此狗曾经在我必死之时救活了我,绝对不能给你;其他东西我都无所顾惜。那人说:既然这样,我就不便救你了。这时狗连忙把头伸进井里,盯着他看;杨生懂了它的意思,便连忙对路人喊道:好吧好吧,我把狗给你!于是那人便找来绳索,将他救了出来,最后系狗而去。过了五天,那狗半夜里自动跑回家来,与他团圆。

《续搜神记》还说：宋元嘉年间，石玄度家有条黄狗，生了条白色的小狗；母狗对待这个儿子异于常狗，总是衔食来喂它。小狗长大以后，随同主人出猎一时未归，母狗就老是蹲在门外望着。后来玄度生病，比较危困，医生的处方中，必须要一味白狗肺，而在市场上又一下子买不到，于是就把所养的白狗杀了，用肺与中药一起煮，供其服用。母狗在它儿子死的地方，跳踊嗥呼，倒地复起，终日不息。家里人煮狗肉共食，骨头丢在地上，母狗也衔进窟中去收藏。

民间文化中的狗

挂在老百姓嘴边的俗语，很多牵涉到狗，比如"狗咬吕洞宾，不识好人心"，这句话就无人不知，无人不晓。

每句俗语基本上都有一个典故。这句话的来历是：吕洞宾随师父修道，走进一座村庄，遇见狗蹿出来追咬。师父东躲西藏，但狗却穷追不舍。吕洞宾只好举棍打狗，不料用力太猛，把狗腿打断了。狗一瘸一拐地狼狈逃窜，吕洞宾很过意不去，就拿泥巴敷好了狗的断腿，嘱咐它不要被水打湿。狗很听话，撒尿时把腿抬得老高，结果就好了。可是吕洞宾准备离开时，狗却来个突然袭击，咬了他一口，以报一棍之仇——于是留下这句十分风趣的话。

俗语中还有"狗嘴吐不出象牙""挂羊头，卖狗肉""画虎不成反类狗""狡兔死，走狗烹""痛打落水狗""狗眼看人低"，均带贬义。应该说，老百姓口头上的"狗"，层次基本上比较卑贱，甚至成为骂人的话语。

传统诗文中的地位

狗，伴随人类从历史长河中走来，传统的诗词歌赋自然不会忽视它的存在。最早，在《诗经》《楚辞》中就有狗的身影。

狗的一举一动，都摄入人们的眼里，自古文人们往往刻意描绘，写出很多优秀作品。比如吴国张俨在《犬赋》中夸其"守则有威，出则有获"，说让狗守门户，可令人望而生畏；带它出猎，必能获得猎物而归。晋代陶渊明在《归园田居》中吟道"狗吠深巷中,鸡鸣桑树颠",在山野荒村、市廛里巷,落日红霞之中,皓月银辉之下,能闻得几声犬吠,自可平添几分情韵。唐代刘长卿《逢雪宿芙蓉山人》有句"柴门闻犬吠,风雪夜归人",在凄凉的雪夜山乡,一阵犬吠带来了丝丝暖意。

宋人孔平仲《狂犬》一诗,写一种狗的变态。那只失去常性的狗翻盆倒盂,污秽廊庑,人们只好驱而赶之;可是日后相见,仍识旧主,亲热有加;主人心生怜悯,本想带回家去,又恐引起儿女的恐惧,将心情的矛盾描绘得细致入微。苏轼谪贬海南得到一只狗,他在《乌喙》这首诗中,描写它那威猛和驯善的双重性格,说它既有泅渡本领,又有偷肉吃的小毛病,非常动人。明人黄辉《巫夔道中》描写夜走巫夔山路的情景:"人队似猿穿岭去,犬声如豹透林来。"把犬吠与诗人情绪相融合,突出了世路的险恶。

狗,不仅在诗歌里占一席之地,且在历代绘画中,也成为艺术家描绘的对象。狗的图像,最早出现在汉代石刻中;而历代画家在画山村农舍、寺院溪桥时,画面上常常用狗来点缀。犬画珍品有唐代阎立本的《獒犬职贡图》,五代黄荃的《芙蓉乳狗图》,宋代李迪的《猎犬图》,对后人影响很大。宋代王朴画《猫犬图》栩栩如生,诗人楼钥为之题画:"掉尾固自若,狸奴为惊惧。侧耳实畏之,冲目犹敢怒。诚知取形似,不吠亦不捕。对之辄一笑,聊用慰沉痼。"诗中说画上的猫和狗神情形态,十分逼真,看了不得不笑,连病都会好转。

古代涉狗诗

国风·召南·野有死麕

野有死麕①。白茅包之②。有女怀春，吉士诱之③。

林有朴樕④，野有死鹿。白茅纯束⑤，有女如玉。

舒而脱脱兮⑥，无感我帨兮⑦，无使尨也吠⑧。

注释

①麕(jūn)：獐子，与鹿相似，没有角。②白茅：草名。③吉士：古时对男子的美称。诱：求，指求婚。④朴樕(sù)：小树。《诗·毛传》："朴樕，小木也。"一作小树丛。⑤纯(tún)束：包裹，捆扎。《毛传》："纯束，犹包之也。"《郑笺》："纯读曰屯。"⑥舒：慢慢，徐缓。脱脱：缓慢的样子。《毛传》："脱脱，舒迟也。"⑦感：借为撼，意思是动摇。帨(shuì)：女子佩巾；或围裙。⑧尨(máng)：长毛狗、多毛狗。

解说

《召南》为《诗经》十五国风之一，所谓《周南》《召南》，其采诗区域究竟在何处，目前尚无定说，二南之地，大致包括今河南洛阳、南阳和湖北的郧阳、襄阳等地区。"南"之含义，根据甲骨文及古典籍，原是一种古老乐器名，渐演变为一种地方曲调的专名，称作"南音"。"南"这种曲调最初盛行于江汉流域，二南中的诗就是用"南音"演唱的歌词。

这虽非一篇咏狗的诗，但可以说是最早出现狗的诗。它以比兴的手法，含蓄的语句描写男女之间的爱情。诗分三章，第一章的意思是说年轻猎人在深山密林中打死了獐鹿，割了白茅草将它包捆起来，又遇到满怀深情的少女，引起这位猎人去逗她；第二章意思差不多；第三章是女子在说，希望狗不要大声叫，免得惊动闲人。全诗主旨是写青年男女，在郊外获得爱情的经过，狗则在诗中最后出台。

国风·齐风·卢令

卢令令①，其人美且仁②。

卢重环③，其人美且鬈④。

卢重鋂⑤，其人美且偲⑥。

注释

①卢：猎犬；大黑犬。令令：铃声。②仁：和蔼可亲，庄重。③重环：两环套在一起，又称母子环。④鬈(quán)：头发弯曲美观。⑤重鋂(méi)：一个大环套着两个小环。⑥偲(cāi)：须多而美。

解说

《齐风》为齐国之诗，齐原为西周初年吕尚封国，后兼并一些小国，是春秋时期的一等大国，其领土大致包括今山东之昌潍、临沂、惠民、德州、泰安以及河北沧州地区的南部。

这篇诗分为三章，是一个女子通过比兴的手法描述漂亮的猎犬，项下带一多铃的项圈，走路发出铃铛声响，进而夸赞她的爱人，那个和蔼、庄重、漂亮的青年。

小雅·节南山之什·巧言（摘录）

奕奕寝庙①，君子作之②。秩秩大猷③，圣人莫之④。他人有心⑤，予忖度之⑥。跃跃毚兔⑦，遇犬获之⑧。

注释

①奕奕：高大明丽。南朝宋谢惠连《秋怀》："皎皎天月明，奕奕河宿烂。"寝庙：古宗庙正殿称庙，后殿称寝。《尔雅·释宫》："室有东西厢曰庙，无东西厢有室曰寝。"②君子：指宗庙建设者。作之：兴建。③秩秩：聪明睿智貌。大猷：大的谋略。④圣人：指武王、周公等。莫：谋略。莫借作谟。⑤他人：指不熟知的人。⑥予：指自己。忖度：揣测其心思。⑦毚(chán)兔：狡兔。《毛诗正义》引《苍颉解诂》："毚，大兔也。大兔必狡猾，又谓之狡兔。"⑧遇：遇见。

解说

此诗摘自《小雅·巧言》中涉及犬的一章。原篇共有六章，此为第四章。"雅"有人作夏，亦有人训正，"雅"分小雅和大雅，主要有三说：一是以政事分，如《大序》；二是以道德分，如司马迁《史记·司马相如列传论》；三是以乐曲分，如朱熹《诗·小雅集传》。迄无定论。所谓"小雅"就是小正。《毛诗序》："雅者，正也。言王政之所由废兴也。"《小雅》共有74篇，产生于西周后期及东周初期。此时王政衰微，诸侯坐大，各种矛盾日趋尖锐。故诗歌多指斥朝政缺失，反映社会动乱，表现周室与戎狄少数部族及东方诸侯国之间的矛盾；少数是王室贵胄宴饮之乐歌。

传统的《毛传》认为这篇《巧言》是讽刺幽王，其说可从。巧言，就是谗佞者巧舌如簧的谗言。诗中说宗庙是武王周公所建，周朝政权是明君所缔造，建国方略是圣人所谋划；小人之心，我能揣料，别看狡兔到处蹦蹦跳跳，一遇良犬便会被逮到。狗在诗篇的最后方才登台。

天问（摘录） 战国·楚·屈原

何少康逐犬①，而颠陨厥首②？女歧缝裳，而馆同爰止③。舜服厥弟④，终然为害。何肆犬豕，而厥身不危败⑤？兄有噬犬⑥，弟何欲？易之以百两，卒无禄⑦？

注释

①少康：夏代中兴之主，杀浇复国。②颠陨：陨落。厥：其。③歧：人名，浇之嫂。馆：馆舍。止：宿。④服：服侍，对待。厥弟：其弟，指舜弟象。《史记·五帝本纪》："舜父瞽叟盲，而舜母死，瞽叟更娶妻而生象，象傲。瞽叟爱后妻子，常欲杀舜，舜避逃；及有小过，则受罪。顺事父及后母与弟，日以笃谨，匪有解。"⑤肆：放肆。犬豕：指猪狗之行。不危败：指象虽多行不义，却生活得自由自在；舜以德报怨，封以土地。⑥噬犬：恶狗。⑦易：交换。百两：车百辆。一作黄金百两。卒无禄：最终失去禄位。汉王逸说其事为："秦伯不肯与弟针犬，因逐针而夺其爵禄也。"《春秋·昭公元年》："秦伯之弟针出奔晋。"

解说

作者屈原，名平（约前340～约前278），字原，芈姓屈氏。自言名正则，字灵均。战国时期楚国丹阳（今湖北秭归）人。曾任左徒、三闾大夫，常与楚怀王商议国事，主张章明法度，举贤任能，联齐抗秦。他忠于楚怀王，但却屡遭排挤；怀王死后，因顷襄王听信谗言，将其流放，最终投汨罗江而死。他将"楚辞"这种文体发扬光大，代表作品有《离骚》《九歌》《天问》等。

这是《天问》中与狗有关的几个小段。第一段的意思说为什么少康赶狗出猎，为什么能将浇（大力士）的脑袋砍下？后面是说女歧替浇缝衣裳，两个人住在一起。第二段是说虞舜一再顺从弟弟，而其弟象对他还是要陷害。为什么这种猪狗一样的人，到头来没有遭到诛灭？第三段是说秦景公有一恶犬，其弟

针想要，景公不肯，针欲以百两黄金换，景公怒而夺其爵禄。

第二段主要说舜在父顽、母（后母）嚚、弟傲之恶劣环境下，依然孝敬父母，亲近兄弟，而能善于存身，终为尧所看重，妻以二女，并禅位于舜。舜有天下，能以德报怨，使象能列土而食。亦含屈子"贤者遭难，恶人终有后福"之叹惋！

怀沙（摘录） 战国·楚·屈原

邑犬群吠兮，吠所怪也。非俊疑杰兮，固庸态也。文质疏内兮①，众不知余之异采②。

注释

①文：文采的外表。质：道德的灵魂。疏：通。②异采：特异的禀赋。

解说

这是屈原《九章》中《怀沙》涉及犬的一段，是屈原怀才不遇的一个譬喻，说城里的狗，成群地叫，是因为少见多怪。毁谤俊才、怀疑豪杰，这是庸人的惯技！借以表述他的志向与情怀不为人所知的愤懑。

十五从军征（摘录） 汉·无名氏

十五从军征，八十始得归。道逢乡里人：家中有阿谁？遥看是君家，松柏冢累累。兔从狗窦入①，雉从梁上飞②。

注释

①窦：洞。②雉：野鸡。

解说

《古诗十九首》，最早见于《昭明文选》，为南朝梁萧统从传世无名氏《古诗》中选录十九首编入。习惯上以句首标题，包括：《行行重行行》《青青河畔草》《青青陵上柏》《今日良宴会》《西北有高楼》《涉江采芙蓉》《明月皎夜光》《冉冉孤生竹》《庭中有奇树》《迢迢牵牛星》《回车驾言迈》《东城高且长》《驱车上东门》《去者日以疏》《生年不满百》《凛凛岁云暮》《孟冬寒气至》《客从远方来》《明月何皎皎》。

关于作者和时代有许多种说法，《昭明文选·杂诗·古诗十九首》题下注曾释为："并云古诗，盖不知作者。"今人综合考察其所表现之情感倾向、社会生活以及纯熟的艺术技巧，认为其非一时一人之作，所产生年代当在东汉顺帝末到献帝前，即公元140年至190年之间。

《古诗十九首》是乐府古诗文人化标志。汉末文人对个体生存价值之关注，使他们与社会环境、自然环境建立起更为广泛而深刻的情感联系。过去与外在事功相关之帝王、诸侯、宗庙祭祀、文治武功、畋猎游乐、都城、官室等，占据了文学题材的主要领域，自此则让位于诗人的现实生活、精神生活、友谊爱情等。风格、技巧因之而变化。刘勰《文心雕龙》称之为"五言之冠冕"，明王世贞称其为"千古五言之祖"。

此处摘录其中的前几句。全诗说封建社会的长期战争，给人民带来极大痛苦。一个老兵回家，看到家破人亡的景象。眼前是累累坟冢，家禽家畜都没有了。兔是野物，狗是家畜。这里已没有家狗，野兔从狗洞里进来，野鸡在屋梁上飞，说明这里早已没有人居住。通过这两句诗可以看出战祸带给人民的苦难。

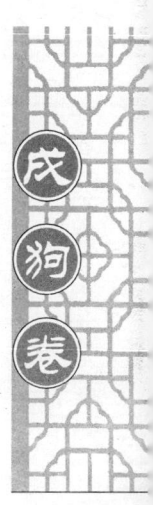

刺巴郡守诗　汉·无名氏

狗吠何喧喧，有吏来在门。披衣出门应，府记欲得钱①。语穷乞请期，吏怒反见尤②。旋步顾家中，家中无可为。思往从邻贷，邻人言已匮③。钱钱何难得？令我独憔悴。

注　释

①府记：官府征税的文件。②请期：请求延期交钱。见尤：责怪。③匮：缺乏钱财。

解说

这首五言民歌,描述汉桓帝时(147~167)巴郡(今四川省东部)民众苦于苛捐重赋的惨状,用以讥刺太守李盛。此诗出于《华阳国志·巴志》:"孝桓帝时,河南李盛仲和为巴郡守,贪财重赋,国人刺之。"诗中以大声的狗叫开头,原来讨债的官吏上门了,百姓穷得分文无有,家徒四壁,请求延期又不行,只有向邻居借钱,可是邻居也是一样的穷,简直走投无路了。全诗语言明白,语气沉痛,感人至深。

(冯广宏补充)

赋犬 三国·吴·张俨

守则有威,出则有获。韩卢宋鹊①,书名竹帛②。

注释

①韩卢:古韩国良犬名。《博物志》:"韩国有黑犬名卢,又称韩狑、韩子卢。"《战国策·秦策三》:"以秦卒之勇,车骑之多,以当诸侯,譬若放韩卢而逐蹇兔也。"宋鹊:春秋时宋国良犬名。②竹帛:竹简和素绢,用以书写文字。

解说

作者张俨,字子节,三国时期吴郡人。吴宝鼎初年(约266)在世。以博闻多识,拜大鸿胪。宝鼎中使于晋,贾充、荀勖等皆不能屈。

这首四言古诗,是对犬的赞美。说它守家显示威严;外出必有猎获;非常尽职尽责。因而古代的良犬如韩卢、宋鹊,都是名书于竹帛,后世也为之景仰不已。言简意赅,千锤百炼。

狗 晋·张华

如黄披狡兔①,青骹撮飞雉②。鹊鹭皆尽牧③,凫鹥安足视④?

注释

①如黄：又称如簧，名犬之名。披（pī）：逮住。《说文》："从旁持曰披。"②青骹（qiāo）：青腿猎鹰。撮（cuō）：抓取。雉：野鸡。③鹄（hú）：亦称黄鹄，即天鹅。鹭（lù）：水鸟名，俗称鹭鸶。牧：管制。④凫鹥（fú yī）：野鸭与鸥，泛指水鸟。《诗·大雅·凫鹥》："凫鹥在泾，公尸来燕来宁。"

解说

作者张华（232～300），字茂先，西晋范阳方城（今北京大兴区）人。家贫勤学，学业优博。阮籍称之为王佐之才，声名始著。后在范阳太守鲜于嗣推荐下任太常博士，又迁佐著作郎、长史兼中书郎等职。西晋取代曹魏后，又迁黄门侍郎，官至司空，封壮武郡公。晋惠帝时爆发八王之乱，遭赵王司马伦杀害。

这首五言古诗，是专门咏鹰犬参与狩猎的场面。犬见野兔，迅疾而扑，有如撕裂之猛。鹰见野鸡俯冲而下，以脚爪抓取，猎物难逃。犬乃"领军"的角色，首先对狡兔发起攻击，鹰继而去抓取野鸡，它们对天鹅、鹭鸶都有威慑力，惊起的野鸭则不屑一顾。此诗主题虽然咏狗，但列举了一系列动物作为衬托，更显精致。

归田园居（摘录） 晋·陶渊明

方宅十余亩①，草屋八九间。榆柳荫后檐，桃李罗堂前②。暧暧远人村③，依依墟里烟④。狗吠深巷中，鸡鸣桑树颠。户庭无尘杂，虚室有余闲⑤。

注释

①方宅：即傍宅，宅之四围。②罗：罗列。③暧暧：依稀不明。④依依：轻柔的样子。墟里：村落。⑤虚室：空寂的房子。《庄子·人间世》"虚室生白，吉祥止止"，比喻内心明净清澈的境界。

解说

作者陶渊明（约365～427），字元亮，入刘宋后改名潜，号五柳先生，谥靖节。浔阳柴桑（今江西省九江市）人。东晋末期、南朝宋初期诗人，曾做过几年小官，后辞官回家隐居，田园生活是他诗中的主要题材。

这是作者《归田园居》五言古诗中的一段，描写他辞官而归田园之后的闲适生活情景。榆柳荫后，桃李罗前，狗吠鸡鸣，怡然自乐，室无杂尘，心有余闲，既是对环境的描写，也是他自己内心世界的表述。

群狗 唐·释·寒山

我见百十狗，个个毛狰狞。卧者渠自卧，行者渠自行①。投之一块骨，相与嗌喍争。良由为骨少②，狗多分不平。

注释

①渠：第三人称，它。②嗌（ài）喍：亦作"崖柴"，笨拙，不讲道理。

解说

作者寒山（约584~704），长安人，出身于官宦人家，多次投考不第，三十岁后隐居于浙东天台山出家，享寿一百多岁。《四库全书总目提要》评价寒山："其诗有工语，有率语，有庄语，有谐语。"多描写山林生活，直接宣传佛理。

这首五言诗比较直白，讲述一群野狗，一个个争强好胜，平时倒也悠然自得，睡的睡，走的走，互不干扰；可是遇到一块骨头，大家就争得不亦乐乎，因为东西太少，想要的太多。言外之意，人生际遇也大体如此，不患寡而患不均。

（冯广宏补充）

淇上田园即事 唐·王维

屏居淇水上①，东野旷无山。
日隐桑柘外，河明闾井间②。
牧童望村去，猎犬随人还。
静者亦何事，荆扉乘昼关③。

注 释

①屏居：退隐；谢客独居。《史记·魏其武安侯列传》："魏其谢病，屏居蓝田南山之下数月，诸宾客辩士说之，莫能来。"淇（qí）水：在河南省北部。古为黄河支流，南流至今汲县东北淇门镇南入河。东汉建安中，曹操在淇口作堰，使之东北流入白沟（今卫河），以通漕运，此后即成为卫河支流。②柘（zhè）：一种落叶灌木或小乔木，生于阳光充足的荒地和路旁。茎皮可以造纸，古时桑柘并称，可见它的用途不亚于桑。闾（lú）井：居民聚居之处。③荆扉：柴门。乘：趁着。

解 说

作者王维（701~761），字摩诘，开元九年（721）进士，初任太乐丞，后贬济州司仓参军。开元二十四年（736）擢为右拾遗，次年迁监察御史；后奉命出塞，为凉州河西节度幕判官。此后半官半隐。安史之乱中被捕，被迫出任伪职，战乱平息后下狱，后被宽宥，降为太子中允，兼中书舍人。终任尚书右丞。他善于写山水诗，与孟浩然合称"王孟"。

这首五律主要描写淇水上的田野晚景，提到一只猎犬。这时落日虽然沉到树下，但河水仍然在民居中间闪着明光。牧童赶着牛回来了，猎人也带着猎狗归家了；而隐士之家早就趁着天还没黑，就把柴门轻轻掩上。一切都是那么宁静、安详。

（冯广宏补充）

访戴天山道士不遇　唐·李白

犬吠水声中，桃花带露浓。
树深时见鹿，溪午不闻钟。
野竹分青霭，飞泉挂碧峰。
无人知所去，愁倚两三松。

解说

作者李白（701~762），字太白，号青莲居士。今四川江油市青莲乡人。天宝元年（742）被召至长安，供奉翰林，文章风采，名震天下；有"诗仙"之称。安史之乱后曾参加永王李璘的幕府；由此受到牵累，流放夜郎（今贵州境内），途中遇赦。

题中戴天山一名大匡山，在今四川江油，为风景名区，旅游胜地。李白早年曾在山中大明寺读书，这首诗可能是这一时期的作品。诗的前六句是写入山沿途所见之景，后两句写访道士不遇的心情。开头两句以犬吠起先，有进入"桃源"的情景：作者缘溪水而进，犬声溪声融为一体，带雨露而绽桃花，树林深处可见野鹿，时至中午未闻寺里钟声，翠绿的竹林分出明暗之色，瀑布飞泉像一幅幅壁画悬挂于碧峰之间。这里是多么幽静，多么美好；暗示道士不在观中。后两句虽然点明访而无果，不免犯愁而依松遐想；但这次造访，能亲临如此美好之地，已无憾矣。通观全诗，色彩明丽，对仗工整，有动有静，开头的犬声，可以说是"引人入胜"之声了。

逢雪宿芙蓉山主人　唐·刘长卿

日暮苍山远①，天寒白屋贫②。
柴门闻犬吠，风雪夜归人。

注释

①苍山：青山。②白屋：茅屋；亦指未入仕的读书人所居之屋。

解说

作者刘长卿(709~约786)，字文房，宣城（今属安徽）人。天宝年间（742~755）进士。至德年间（756~757）任监察御史、长洲县尉，贬岭南南巴尉。代宗时历任转运使判官，知淮西、鄂岳转运留后，再贬睦州司马。他以五言律诗擅长，因生平坎坷，有不少感伤身世之作。

这一首五言绝句诗，是长卿遇雪宿于芙蓉山而作，流传很广。大雪之夜，诗人途经芙蓉山,在借宿之家作此诗。四句诗如四幅连环画,把环境、景物、天气以及人物和动物的情态都烘托刻画出来。第一句写山行,薄暮中苍山茫茫;第二句写夜宿,冰天雪地中一间简陋茅屋;第三、第四句写夜间所闻。柴门边上一只狗儿在叫,原来是一个冒着风雪踏着夜色而投宿的人来了。四句诗中,唯一显出生气的是第三句:那可爱的狗儿在叫,是对家的守护,还是对客人的欢迎;是对生活的呼唤,还是对贫寒的抗争?短短20字,每一字有每一字的含义,每一字都推出一层新的意境,可谓惜墨如金,凝练之至。既冲淡,又生动;既含蓄,又亲切,真不愧是一首五绝佳制的精美"寒山夜宿"的四扇画屏。

其中"风雪夜归人"尤为流传千古之名句,常为羁旅异乡,千里奔波,雪夜方归者引以自叹之词。

湘中纪行十首·洞山阳 唐·刘长卿

旧日仙成处,荒林客到稀。
白云将犬去,芳草任人归。
空谷无行径,深山少落晖①。
桃园几家住,谁为扫荆扉②。

①落晖:夕阳的余照;高山深处不能见。②荆扉:山民的柴门。

这首七律描述湘中大山荒幽的景色,刻画入微。试看草长无路,日落无晖,何等虚寂!零落的几户人家虽然养狗,但却给白云牵着走了,实际上是隐在云雾中了。在末两句中,作者发现有一处桃园,从而带来一丝春色,稍稍给人一些慰藉。

(冯广宏补充)

草堂（摘录） 唐·杜甫

旧犬喜我归，低徊入衣裾①。邻舍喜我归，酤酒携胡芦。大官喜我来，遣骑问所须。城郭喜我来，宾客隘村墟②。天下尚未宁，健儿胜腐儒。飘摇风尘际，何地置老夫。于时见疣赘③，骨髓幸未枯。饮啄愧残生，食薇不敢余④。

①低徊：留恋地回顾。衣裾（jū）：衣服的前后襟。②隘（ài）：弄得狭窄。村墟：村庄。③疣赘（yóu zhuì）：比喻多余无用的东西。④饮啄：引申为吃喝，生活需要。食薇（wēi）：吃一种通称"巢菜"的野菜，象征隐士的穷困生活，为周初伯夷叔齐的典故。《史记·伯夷列传》："伯夷、叔齐，孤竹君之二子也"，"天下宗周，而伯夷、叔齐耻之，义不食周粟，隐于首阳山，采薇而食之。"

作者杜甫（712～770），字子美，自号少陵野老，巩县（今河南巩义）人。曾任左拾遗，因触怒权贵被贬。至德元年（756），几经辗转到了成都，在城西浣花溪畔，建成一座草堂，因有此诗。原诗较长。摘录其中涉及狗的后段。

诗中描述家犬见了旧主，一种依恋之情，跃然纸上。下文主要是叙述邻人、官吏、宾客前来拜望，非常踊跃。末尾则抒发对当时混乱局势的种种感慨。

（冯广宏补充）

犬 唐·李勉

谁家庭院自成春，窗有莓苔案有尘①。
偏是关心邻舍犬，隔墙犹吠折花人。

①莓(méi)苔：即青苔。

解 说

作者李勉（717～788），字玄卿，唐朝宗室。幼通经史，官至开封尉。安史之乱后，跟随唐肃宗到灵武，拜为监察御史。升河南少尹，后任梁州都督、山南西道观察使。因不附和宦官李辅国，出为汾州、虢州刺史，改任京兆尹、检校右庶子兼御史中丞、都畿观察使，兼任河南尹，又出为江西观察使。大历四年（769）任广州刺史兼岭南节度观察使。后为工部尚书、汴州刺史、汴宋节度使。

这是一首咏犬的七言绝句。诗中说：这个院子，不知道是谁家的。好像没有主人，任其树木争荣，花草竞发，自行展示春日的繁华。窗台上还长有莓苔，而桌案上却蒙有厚厚的灰尘，说明主人已有很长时间不在。紧接着第三句说，偏偏只有邻家的犬来关心这个院子，你看，如有人到这个院子来折花，它就会叫起来！这是一只多么通灵性的狗啊，它实际上已成为这个院子的主人啦。

送元评事归山居　唐·钱起

忆家望云路，东去独依依。
水宿随渔火，山行到竹扉。
寒花催酒熟，山犬喜人归。
遥羡书窗下，千峰出翠微①。

①翠微：山气青缈之色。

解 说

作者钱起(722～780)，字仲文，吴兴(今浙江湖州市)人。天宝七年(748)进士，初为秘书省校书郎、蓝田县尉，后任司勋员外郎、考功郎中、翰林学士，世称"钱考功"。与韩翃、李端、卢纶等号称"大历十才子"。

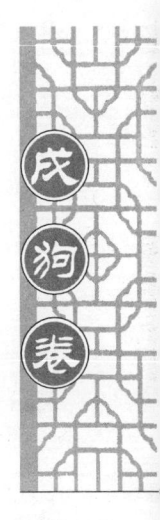

这首五律是送友人归山之作。元评事其人不详。诗中描写行人水路坐船，山路步行，跋山涉水虽然辛苦，但想到回家之后，暖酒和身，家犬依人，看着书窗外面千峰竞翠，好不自在！诗中"山犬喜人归"一句，写尽人犬之情。

（冯广宏补充）

雪 唐·张打油

江山一笼统，井上黑窟窿。
黄狗身上白，白狗身上肿。

解说

这是一首很出名的打油诗，以狗形容下雪，十分形象，但虽俗而不伤雅，受到古今文化界及民间的赞誉。明杨慎（1488~1559）《升庵诗话》卷十四："江南呼成俗之词曰'覆橐'，犹今云'打油'也；杜公谓之俳谐体。唐人有张打油作《雪》诗云：江山一笼统，井上黑窟窿。黄狗身上白，白狗身上肿。"《升庵外集》卷六十七至七十八《升庵诗话》所记张打油《咏雪》诗为："天地一笼统，井上黑窟窿。黄狗身上白，白狗身上肿。"开头略有不同。冯梦龙（1574~1646）《古今笑》亦云："唐人有张打油，作《雪》诗云：江山一笼统，井上黑窟窿。黄狗身上白，白狗身上肿。"清钱泳《履园丛话》说，打油诗始见于北宋钱易撰《南部新书》。

民间相传，张打油为唐开元时（713~741）南阳（今济宁市微山县南阳镇）人。明李开先《一笑散》亦记有其咏雪诗，但文字不同。

（冯广宏补充）

犬离主 唐·薛涛

出入朱门四五年①，为知人意得人怜。
近缘咬着亲知客②，不得红丝毯上眠。

注释

①朱门：古代王公贵族的住宅大门漆成红色，表示尊贵；后以此语指豪富人家。②缘：因为；由于。亲知客：与主人特别亲近的客人。

解说

作者薛涛（约768~832），字洪度。长安（今陕西西安）人。唐代女诗人，随其父旅居剑南，熟谙音律，工诗词。韦皋镇蜀时，召其侍酒赋诗，称之为女校书，出入幕府；历经十一位蜀中首长，皆以能诗而受知。其间与之倡和者有元稹、白居易、杜牧、刘禹锡等，皆是一时诗人名士。晚年居成都浣花溪，着女冠服。太和中卒，段文昌为撰墓志，题为"西川校书薛洪度之墓"。《文献通考·经籍》著录有《薛洪度诗》一卷。后人为了纪念，在今成都望江楼公园内保存其坟墓遗址。

这是一首借狗喻人的七绝诗。本意是说这只狗出入高门大户已四五年了，特懂得主人的意思而博得主人怜爱。但最近由于咬了一个与主人特别相好的客人，就被主人赶了出来，不得再在红丝毯上睡了。做人不也是这样吗？

山店　唐·王建

登登石路何时尽①，决决溪泉到处闻②。
风动叶声山犬吠，一家松火隔秋云③。

注释

①登登：象声词。②决决（jué）：水流貌。③松火：燃烧松柴之火，有松脂的香味。唐戴叔伦《南野》诗："茶烹松火红，酒吸荷杯绿。"

解说

作者王建，字仲初，颍川（今河南许昌）人。大历年间（766~779）进士。曾任昭应县丞。长庆元年(821)，迁太府寺丞，转秘书郎。大和初年（约827）再迁太常寺丞。后为陕州司马，世称"王司马"。大和五年（831）为光州刺史。他一生生活贫困，有机会了解人民疾苦，写出了大量优秀的乐府诗。

这首七言绝句,是作者写山村印象的诗,如同一幅山水画:山路逶迤向前伸延,好像没有尽头,溪水奔流的声音到处可闻。一阵风吹来,使得树叶沙沙作响,引起山犬的惊叫,隔着秋夜迷茫的雾气,唯能看见远处山区小店的亮光,一家点亮松火的民居,以松毛松枝烧火煮饭,松柴含有大量松脂,燃烧起来有一股特殊气味,似乎隔开了山区秋空的寂静,给人以温暖之情。诗中唯一有热闹感觉的,是那一阵阵山犬的吠声。

犬鸢 唐·白居易

晚来天气好,散步中门前。门前何所有?偶睹犬与鸢①。鸢饱凌风飞,犬暖向日眠。腹舒稳贴地,翅凝高摩天②。上无罗弋忧③,下无羁所牵④。见彼物适性,我亦心适然。心适复何为,一咏逍遥篇⑤。此乃著于适,尚未能忘言⑥。

注释

①鸢(yuān):猛禽,鹰科,头顶及喉部白色,嘴带蓝色,体上部褐色,微带紫,两翼黑褐色,腹部淡赤,尾尖分叉,四趾都有钩爪,捕食蛇、鼠、蜥蜴、鱼等;俗称老鹰。②翅凝:鹰隼展翼借上升气流滑翔。地上望见,其翅仿佛凝固不动。③罗弋:罗,网罗;弋,带丝绳之箭,捕鸟工具。④羁(jī):指羁绊,拴狗之绳套。⑤逍遥篇:指《庄子·逍遥游》。⑥忘言:以意会而不用言达。《庄子·外物》:"言者所以在意,得意而忘言。"

解说

作者白居易(772~846),字乐天,晚号香山居士,河南新郑人。官至翰林学士、左赞善大夫。他的诗歌题材广泛,形式多样,语言平易通俗,是一位现实主义诗人,在中国文学史上负有盛名。

这首五言古诗,是作者借咏鹰和犬而抒发求得自由无羁生活的心情。诗的意思是说:午后天气尚好,散步于门前。在门前看到什么呢?看到狗与老鹰。老鹰吃饱了在凌风飞翔,狗为了取暖在晒太阳睡觉。后者肚子舒服地贴着地,前者翅膀专注地摩着天。天上的没有网罗之忧,地上的没有羁牵之累。我看到它们都很舒心,我的心也很安然。安下心来作什么呢?欲将长咏逍遥之篇。现居于闲适之际,不能不表露自己的心声。不过这里仅仅表达了一时的适意,还不能达到陶潜的"欲辨已忘言"那样空灵玄寂之境界。

(何焱林补注)

答箭镞 唐·白居易

矢人职司忧①,为箭恐不精。精在利其镞,错磨锋镝成②;插以青竹竿,羽之赤雁翎。勿言分寸铁,为用乃长兵③。闻有狗盗者,昼伏夜潜行;摩弓拭箭镞④,夜射不待明。一盗既流血,百犬同吠声,狺狺嗥不已⑤,主人为之惊。盗心憎主人,主人不知情,反责镞太利,矢人获罪名。寄言控弦者,愿君少留听:何不向西射?西天有狼星。何不向东射?东海有长鲸。不然学仁贵,三矢平虏庭;不然学仲连,一发下燕城⑥。胡为射小盗?此用无乃轻。徒沾一点血,虚污箭头腥。

注 释

①矢人:造箭的工匠。《周礼·考工记》:"矢人为矢,镞矢参分,一在前,二在后。"南朝梁刘勰《文心雕龙·奏启》:"然函人欲全,矢人欲伤;术在纠恶,势必深峭。"②镞(zú):箭头;横截面作三角形,狭刃,十分锋利。错磨:即锉磨,指加工金属箭头。锋镝(dí):刀口和箭头。泛指兵器。③长兵:枪、棍、大刀、戟、戈等长兵器的总称。④摩:即摸。⑤狺狺(yín):犬争吠声。《楚辞·九辩》:"猛犬狺狺而迎吠兮,关梁闭而不通。"嗥(háo):吼叫;大声嘶叫。⑥仁贵:即薛礼(614~683),字仁贵,绛州(今山西河津)人,唐朝名将。曾随唐太宗李世民、唐高宗李治创造了赫赫战功,如"三箭定天山"。《新唐书·薛仁贵传》:"时九姓众十余万,令骁骑数十来挑战,仁贵发三矢,辄杀三人,于是虏气慑,皆降。""军中歌曰:将军三箭定天山,壮

士长歌入汉关。"仲连：即战国时鲁仲连，用箭射出一封信，解齐国围，而下燕城。《战国策·齐》："初，燕将攻下聊城，人或谗之。燕将惧诛，遂保守聊城，不敢归。田单攻之岁余，士卒多死，而聊城不下。鲁连乃书，约之矢以射城中，遗燕将。""燕将曰：敬闻命矣！因罢兵而去。故解齐国之围，救百姓之死，仲连之说也。"

解 说

这首五言古风是作者和友人元稹《箭镞》诗之作。当时作者一口气和了他十首诗，此诗为其中之一。有信称："五年春，微之从东台来，不数日，又左转为江陵士曹掾。诏下日，会予下内直归，而微之已即路，邂逅相遇于街衢中，自永寿寺南，抵新昌里北，得马上语别；语不过相勉保方寸，外形骸而已，因不暇及他。是夕，足下次于山北寺。仆职役不得去，命季弟送行，且奉新诗一轴，致于执事，凡二十章，率有兴比，淫文艳韵无一字焉。意者，欲足下在途讽读，且以遣日时，销忧懑，又有以张直气而扶壮心也。"

此诗前8句描述箭镞制造的锋利无比；下面8句说夜晚窃贼被箭射中而流血，引起四野群狗大声狂吠，惊动了主人。后面4句说，窃贼怨恨主人伤害了他，而主人却怪制造箭镞的人过于锋利，把造箭者拿来问罪。末尾14句，是作者故意质问射箭者：为何不西射天狼，东射长鲸，或者像薛仁贵三箭定天山，鲁仲连一箭下燕城；偏偏要射那个毛贼？岂不弄脏了那个锃亮的箭头！讥刺之意，显而易见。

（冯广宏补充）

和郭使君题枸杞 唐·白居易

山阳太守政严明①，吏静人安无犬惊。
不知灵药根成狗②，怪得时闻吠夜声。

①山阳太守：指题中的郭使君，时任楚州刺史，楚州即今江苏淮安，晋代

曾置山阳郡。此语有双关意义，汉末山阳太守袁遗，字伯业，为袁绍之兄，曹操曾称赞他"长大而能勤学者，惟吾与袁伯业耳"。见曹丕《典论》。②根成狗：指枸杞的根有些像狗，所以又名"狗牙根"。按明李时珍《本草纲目》载："春采枸杞叶，名天精草；夏采花，名长生草；秋采子，名枸杞子；冬采根，名地骨皮。"现代药学研究，枸杞子能抗动脉粥样硬化。

题中"郭使君"为郭行余，元和年间（806~820）进士，太和初年（约827）任楚州刺史。这首七绝带有俳谐意味，虽然是和郭行余写的枸杞诗，但却以"狗"来借题发挥。现在夜晚听不到狗叫，说明没有盗贼出来活动，没有官吏半夜出来收捐，应该算是刺史政治上的成功。可是偶尔还有几声犬吠，那可并不是真狗，应该是枸杞的根变成了狗，出来作怪。

（冯广宏补充）

送道者　唐·贾岛

独向山中见，今朝又别离。
一心无挂住，万里独何之。
到处绝烟火，逢人话古时。
此行无弟子，白犬自相随。

作者贾岛(779~843)，字浪（阆）仙，幽州范阳（今河北省涿州市）人。早年出家为僧，号无本。元和五年（810）冬，至长安见张籍；次年春，至洛阳谒韩愈，以诗深得赏识。后来还俗，屡举进士不第。文宗时贬长江(今四川蓬溪)主簿。开成五年(840)迁普州司仓参军。

这首五律是送给道人的诗作，所以风格飘逸，有不食烟火之概。末句讲道人没有弟子相随，只有一只白狗不离不弃。

（冯广宏补充）

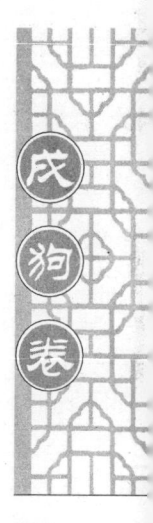

秋日与冷然上人寺庄观稼 唐·费冠卿

世人从扰扰，独自爱身闲。
美景当新霁①，随僧过远山。
村桥出秋稼，空翠落澄湾②。
唯有中林犬③，犹应望我还。

注 释

①扰扰：纷乱的样子。新霁（jì）：雨后刚晴。②空翠：指晴空背景下草木的绿色。南朝宋谢灵运《过白岸亭》诗："空翠难强名，渔钓易为曲。"澄湾：清澄的河湾。③中林：指佛寺。

解 说

作者费冠卿字子军，池州人。屡试不第，久留京师，作感怀诗有"家书十年绝"之句，曾与姚合游。元和中(约816)登第而母卒，叹道："干禄欲以养亲。今得禄而亲丧，何以禄为？"遂隐居池州九华山。长庆中(823左右)因其孝殿院保举，召拜右拾遗，不赴。

这首五律，是作者随同冷然和尚到寺院种植的田地里考察农业收成而作。不过诗中并没有谈到农业，而是以描写景色为主；末两句提到寺院里的狗，正在盼望大家回来，可能它肚子已经饿了吧。从这里可以看出，作者与寺犬实已建立了真挚的感情。

(冯广宏补充)

哭砚山孙道士 唐·姚合

修短皆由命，暗怀师出尘①。
岂知修道者，难免不亡身。

永秘黄庭诀，高悬漉酒巾②。
可怜白犬子，闲吠远行人。

注释

①修短：寿命的长短。暗怀：默念。出尘：离开尘世。②黄庭：即《黄庭经》，道教内丹家奉为养生宝典，王羲之曾经书写过。现传《黄庭经》有《黄庭内景玉经》《黄庭外景玉经》《黄庭中景玉经》三种。漉（lù）酒：对新酿的酒进行过滤，除去杂质。古代的酒多为家中粮食所酿，新酿的酒面上会浮起酒渣，色微绿，细如蚁，即所谓"绿蚁"，需要滤除才好喝。滤酒常用葛巾，南朝梁萧统《陶渊明传》载：渊明嗜酒，"郡将尝候之，值其酿熟，取头上葛巾漉酒，漉毕，还复着之"。

解说

作者姚合（约779～约846），陕州硖石人。元和十一年（816）进士，授武功主簿。历任监察御史，户部员外郎，荆、杭二州刺史，刑部郎中，给事中，陕、虢观察使，终秘书少监。因初授武功主簿，人因称为姚武功。

这首五律是作者追悼友人孙道士而作。题中砚山，今云南省东南部亦有，山势颇秀，其形如砚，但类似的山形多处皆有，未定何处。诗中前四句，说道教虽然企求长生不老，但人的寿命却不能全由自己控制，消亡是难以避免的。下面两句描写道士的潇洒脱俗风貌；末尾两句则提到道士喂养的白狗，还不知道主人已经过世，仍然在尽职尽责，侍卫道观，对着远来的行人狂吠；语言中寄托着无限伤感，至为感人。

（冯广宏补充）

山中喜静和子见访 唐·施肩吾

绝壁深溪无四邻，每逢猿鹤即相亲。
小奴惊出垂藤下①，山犬今朝吠一人。

①小奴：即狸奴，小猫。

解 说

作者施肩吾（780～861），字希圣，号东斋，入道后称栖真子。今浙江省富阳市洞桥镇贤德村人。元和十五年（820）登进士第。长庆年间（821～824）隐于洪州西山（在今江西南昌）学仙。

这是一首七绝，描写山乡僻壤的村景。一家独处在山中，四周是绝壁深溪，没有人家。当顽皮的猴子和野鹤偶尔来临时，都感到特别亲切。今天小猫从垂藤之下惊出，是因为狗儿在狂叫：来了一个道家客人静和子，这真是天大的喜事！这首诗有静与动的互为渲染。

再归松溪旧居宿西林　唐·徐凝

五粒松深溪水清①，众山摇落月偏明②。
西林静夜重来宿③，暗记人家犬吠声。

①五粒松：松的一种，即五鬣松。②摇落：草木凋零。宋玉《九辩》："悲哉秋之为气也！萧瑟兮草木摇落而变衰。"③西林：寺名。在江西省星子县庐山麓，与东林寺相对，晋太原中僧慧永建。后泛指寺院。

解 说

作者徐凝，睦州（今浙江淳安县）人。与施肩吾同里。唐元和中（806～820）举进士，官至侍郎。后归里，优游诗酒以终。

这是一首七绝。说西林是一个松深水清、山静月明之地。作者以前曾在此居住过。今夜又来到这里，感到特别高兴。这里的狗叫声，过去是听惯了的，从它的叫声中，都能分辨出是谁家的狗，有一种熟悉亲切之感。

夜会郑氏昆季林亭　唐·方干

卷帘圆月照方塘，坐久樽空竹有霜①。
白犬吠风惊雁起，犹能一一旋成行。

注释

①樽：酒杯。

解说

作者方干(809~888)，字雄飞，号玄英，睦州青溪人。爱吟咏，深得徐凝的器重。一次因得佳句，欢喜雀跃，不慎跌破嘴唇，人呼"缺唇先生"。

这是一首七绝，是作者参加郑氏弟兄夜会的诗。在一个月明之夜，卷起帘子，看到了亭外之圆月照着那个方形水池，诗人和郑氏兄弟已在此坐了很久，酒也喝完了，竹枝上已起了霜。一阵风惊起一阵狗叫，而狗叫又惊起一群秋雁腾空而起，排成一字形飞去。雁飞都能成行，可自家兄弟总是天各一方，聚少离多。使人不能不产生无限的感慨。

小游仙诗　唐·曹唐

冰屋朱扉晓未开，谁将金策扣琼台①。
碧花红尾小仙犬，闲吠五云嗔客来②。

注释

①金策：金质的手杖。描写神仙境界中的事物，极其瑰丽。②五云：五色瑞云，吉祥的征兆。嗔（chēn）：生气。

解说

作者曹唐，字尧宾。桂州（今属广西）人。初为道士，后举进士不第。咸通中(860～874)为使府从事。其作品以游仙诗著称，七绝《小游仙诗九十八首》尤为著名。诗中题材大都取材于神话传说，加以艺术创造；所咏仙境，迷离缥缈，瑰奇多采，想象丰富。

这是作者《小游仙诗》七绝中的一首。诗中描写一早，冰晶的房屋中朱红色的门扇，还没有打开，是谁将金属的手杖轻击玉台？红尾绿花的小仙狗平时没事，只是对着天上五色云朵闲叫，好像生气似地对着客人。这间仙境房室的主人是谁？不知道！好像只有这个小花犬才是真正的主人。

猎犬行 　唐·苏拯

猎犬未成行，狐兔无奈何。猎犬今盈群，狐兔依旧多。自尔初跳跃，人言多拿躩①。常指天外狼，立可口中嚼。骨长毛衣重，烧残烟草薄。狡兔何曾擒，时把家鸡捉。食尽者饭翻，增养者恶壮。可嗟猎犬壮复壮，不堪兔绝良弓丧。

注 释

①拿：拘捕。躩 (jué)：急行；跳跃。

解 说

作者苏拯，唐光化年间（898～900）在世。

这是一首咏猎犬的古风。意思是说：当猎犬尚未长成时，野狐野兔无法对付。而现在猎犬虽已成群，但狐兔依然很多。当猎犬刚会跳跃时，许多人都说它将来肯定会奔跑，会拘捕猎物。即使是天外之狼，也可擒而食之。但当它长大后，荒山之地已被烧而只剩下薄薄的野草。狐兔未曾擒到，只好时常来逗捉家鸡。吃完东西又干什么呢？长得快、长得壮反使人讨厌。猎犬就是这样，它长得肥而壮，可是兔子等却没有了，主人家将良弓收藏起来了，它实在不堪忍受这种无所作为的生活。万事万物无不对立而又相互依存，动物世界是如此，人类社会何尝不是如此。

失题散句　五代·卢延让

狐冲官道过，狗触店门开。
饿猫临鼠穴，馋犬舐鱼砧。

解说

作者卢延让，字子善，范阳（今北京西南）人。唐天复年间至五代前蜀时在世。光化三年（900）登进士第。郎陵雷满辟为从事。五代前蜀主王建，授以水部员外郎，累迁给事中、刑部侍郎。他天资卓绝，为诗多壮健语；其诗中"狐冲官道过，狗触店门开"，"饿猫临鼠穴，馋犬舐鱼砧"，"栗爆烧毡破，猫跳触鼎翻"，均受时人赞赏。他十分感慨地说："平生投谒于公卿，不意得力于猫狗。"对谗佞当道，贤士无名，怀才不遇的社会现实，表示出强烈的愤懑之情。

卢延让最有名的诗是《苦吟》："莫话诗中事，诗中难更无。吟安一个字，拈断数茎须。险觅天应闷，狂搜海亦枯。不同文赋易，为著者之乎。"

（冯广宏补充）

寒夜吟　五代·成彦雄

洞房脉脉寒宵永①，烛炧香消金凤冷②。
猧儿睡魇唤不醒③，满窗扑落银蟾影④。

注释

①洞房：内室。②炧（xiè）：残烛。金凤：古人熏香的熏炉，炉形似凤。③猧（wō）儿：供人逗玩的小狗。④银蟾：月亮。

解说

作者成彦雄，字文干，五代南唐进士，周末宋初（约960）仍在世。

这是一首仄韵七绝。描述诗人独卧深房，觉得夜长。满窗照射清冷的月光，唯有狗儿在静静入睡，进入甜蜜的梦乡，唤也唤不醒它。烛光快消失了，熏炉也冷了。诗人望着窗前月光出神。用如此方式，抒发诗人在寒夜中说不清道不明的情感。

猎犬（摘录） 宋·梅尧臣

常随轻骑猎，不独朱门守，
鹰前任指踪，雪下还狂走。

解说

作者梅尧臣（1002~1060），字圣俞，世称宛陵先生，宣州宣城（今属安徽）人。初试不第，以荫补河南主簿。皇祐三年（1051）赐同进士出身，为太常博士。欧阳修荐为国子监直讲，累迁尚书都官员外郎，世称梅直讲、梅都官。曾参与编撰《新唐书》。

这是一首赞颂猎犬的五绝。说犬常跟着猎手去巡猎，不独自看守大门。巡猎时，在猎人指点猎物行踪之下，鹰会受其指辨猎物的踪迹而扑去，犬则在冰天雪地里，也能全力狂奔。以鹰衬托犬之矫健猛勇。

狂犬 宋·孔平仲

吾家有狂犬，其走如脱兔。撑突盘盂翻①，搜爬堂庑污②。逢人吠不止，鸡噪猫且怒。固难在家庭，只可守村墅③。不见已半年，意谓少惩惧④。昨日至城东，摇尾喜若赴。衔衣复抱膝，屡叱不肯去。一跃数尺高，其强乃如故。岂惟性则然，汝分亦天赋。未闻有骅骝，蹄啮弃中路⑤。安敢携汝归，重令儿女怖。

注释

①撑突：撑开、冲撞。②庑（wǔ）：环抱堂下的走廊。③村墅（shù）：村

庄房舍。④惩惧：进行惩罚以示警戒。⑤啮（niè）：此指缺陷。蹄啮指蹄有毛病。

解说

作者孔平仲，字义甫，一作毅父。新喻（今江西新余县）人。治平二年(1065)举进士，曾任秘书丞、集贤校理，又提点江浙铸钱、京西刑狱。

这是一首写一只狂犬的古风。大体可分三段：第一段是描写其狂。它跑得快，在家撞翻东西，搞脏房舍，逢人就叫，鸡猫不宁。所以，不能留在家里，只能让它去看守村外的闲屋。第二段是说有半年没有看到它，估计可能再不是原来的样子吧。昨天在城东竟然遇见它。看到了原主人，特别高兴：摇尾、衔衣、抱腿，吼它，它也不走，一跳，好几尺高，还是原来那个样子。第三段是作者的议论。说这只狗的狂，是其本性使然，也是一种天赋。没有听说过，一匹好马因蹄有点毛病就中途抛弃，但这只狗真不敢带回去，因为让孩子们看到，又会使他们感到恐怖的。其狂，使人怖；其昵，使人悯。天赋命运，何止于犬！

吠狗 宋·苏轼

予来儋耳，得吠狗曰乌觜①。甚猛而驯，随予迁合浦，过澄迈，泅而济，路人皆惊。戏为作此诗。

乌喙本海獒，幸我为之主。食余已瓠肥②，终不忧鼎俎③。昼驯识宾客，夜悍为门户。知我当北还，掉尾喜欲舞。跳踉趁童仆④，吐舌喘汗雨。长桥不肯蹑，竟渡清深浦。拍浮似鹅鸭，登岸剧虓虎⑤。盗肉亦小疵，鞭棰当贳汝⑥。再拜谢恩厚，天不遣言语。何当寄家书，黄耳定乃祖⑦。

注释

①儋（dān）耳：在今海南境内。汉置儋耳郡，唐改为儋州。旧治在今海南省儋州市西北。下文合浦，位于今广西壮族自治区南端，北部湾东北岸；澄迈，位于海南岛北部。觜：即"嘴"字。②乌喙（huì）：喙即乌嘴，犬类嘴黑，故称乌喙，或指尖嘴。海獒：滨海地区的高大猛犬。瓠（hù）肥：白胖

而壮。③鼎俎：烹调用具，此指屠狗而烹。④趍：同趋，追逐。⑤虓（xiāo）：虎叫。⑥棰（chuí）：马鞭。贳（shì）：赦免。⑦黄耳：晋陆机犬名，曾行千里传家书。

解 说

作者苏轼（1037～1101）字子瞻，又字和仲，号东坡居士，世称苏东坡。眉州（今属四川）人。嘉祐二年（1057）与弟苏辙同登进士。授大理评事，签书凤翔府判官。后因与王安石政见不合，自请外任，出为杭州通判，迁知密州、徐州。元丰二年（1079），罹"乌台诗案"，责授黄州（今湖北黄冈）团练副使。哲宗立，高太后临朝，复为朝奉郎知登州，迁礼部郎中、起居舍人、中书舍人，又迁翰林学士知制诰，知礼部贡举。元祐四年后（1089）出知杭州、颍州、扬州、定州。元祐八年（1093），哲宗亲政，被贬惠州，再贬昌化军（今海南儋州市）。徽宗即位，遇赦北归，卒于常州。其诗、词、赋、文均成就极高，且善书法和绘画，是中国文学艺术史上罕见的全才。

这首五言古诗，是苏轼贬官海南途中得到一只乌嘴狗，虽猛而驯，又能泅水，路人皆惊，故作此诗专门称颂。

诗中意思是说：这乌嘴狗本是一条海外来的名犬，作者有幸做了它的主人。以食余饭菜使它饱腹，居然长得又肥又壮，它就不必饮食发愁了。白天它很驯服，能认识宾客；夜晚它看守门户，表现凶猛。当它知道我将要回北方时，摇头摆尾，为我高兴，跳跃着追逐童仆嬉戏，累了就伸出舌头喘气，冒汗如雨。过河时，有桥它不走，竟跳进水里泅渡过来，划水如鹅鸭，上岸似虎吼。它有点爱偷肉吃的毛病，但也懒得鞭打它。我深深地感谢，上天把它给了我，用不着多说什么。我如果要寄家书，它定会像先辈黄耳那样忠于使命的。全诗感情真挚，爱犬之情，溢于言表。

为慧林冲禅师烧香颂三首（选一） 宋·黄庭坚

昨夜三更狗吠雪，东家闭门推出月。
是渠觉海性澄圆，衲子杀人须见血①。

注释

①渠：他。觉海：本指佛教理论，佛以觉悟为宗；海则喻其教义深广。此处语带双关，因为冲禅师的法号就是"觉海"。衲（nà）子：僧人。

解说

作者黄庭坚（1045～1105），字鲁直，自号山谷道人，晚号涪翁，洪州分宁（今江西修水）人。治平四年(1067)进士。历官叶县尉、北京国子监教授、校书郎、著作佐郎、秘书丞、涪州别驾、黔州安置等。诗歌方面，他与苏轼并称为"苏黄"；书法方面，他则与苏轼、米芾、蔡襄并称为宋代四大家。

这首七言烧香颂，是佛教禅宗偈语一类的作品。题中诗"三首"，此处仅录其第一首。"慧林冲禅师"是当时高僧，法号若冲觉海。

这里的烧香颂，实际上是表达一种禅意。头一句描述夜狗见雪而吠，一般人认为是个平常现象，但在禅家看来，狗要吠的是人，它看见下雪，以为是人，所以也要吠，那分明是一种虚幻，人生万事，何尝不是如此？下句闭门推月与此相同，月亮怎么能推出去？推的不过是月光，也是一种虚幻。末两句赞颂禅师道德高深，杀人见血只是一个比喻，乃指想问题谈佛法皆须彻底、到位。

（冯广宏补充）

守犬　宋·吕徽之

风恬月朗眠花影①，吏不敲门门恬静。
何事猛然吠一声，有人来汲门前井。

注释

①风恬（tián）：无风、风静。

解说

作者吕徽之，浙江黄岩人。南宋初长年隐居万山中，能诗擅赋，安贫乐道，以耕渔为生。

这是一首七绝，描绘家狗躺在风静月明的花影之下，晚上没有役吏敲门，显得祥和安静。不知为什么，它猛然大叫一声，原来是早晨汲水的邻人，准备在门前井里打水，这才惊动了这只忠实的守门狗。全诗平白如话，富有生活气息。

春日田园杂兴　宋·范成大

步屐寻春有好怀①，雨余蹄道水如杯。
随人黄犬搀前去②，走到溪桥忽自回。

①屐（xiè）：古鞋之木底，亦泛指鞋。②蹄道：有兽蹄痕迹之道，指乡村泥途，雨后蹄痕如杯盛水。搀（chān）前：抢先。

作者范成大(1126~1193)，字致能，号石湖居士。平江吴郡(今江苏吴县)人。绍兴二十四年（1154）进士，初授户曹，任监和剂局、处州知府，以起居郎、假资政殿大学士出使金朝，慷慨抗节，不畏强暴。后历任静江、成都、建康等地行政长官。淳熙时官至参知政事。晚年隐居故乡石湖，卒谥文穆。

这是一首七绝。说诗人步行在田园山道上，寻找春日的风韵，感觉真好！下雨之后路上的马牛羊等蹄印子像一个个水杯。一只黄狗随人抢向前去，但到了溪边桥头忽然又回来了，把狗的行动刻画得非常形象；它大概也在同主人一样留恋这里的美好风光吧。

晚春田园杂兴　宋·范成大

蝴蝶双双入菜花，日长无客到田家。
鸡飞过篱犬吠窦①，知有行商来买茶。

①窦：狗洞。

解说

这首七绝表现出作者对农村生活的热爱。诗的前两句,写日常农村静景:蝴蝶双双在菜花田里飞来飞去;白昼慢慢显得长了,田户人家没有客人来临,村子里十分恬静。后两句写茶商来到向种茶户采购茶叶,鸡犬都为之惊动,狗连忙从狗洞里钻了出来,看个究竟。这里转入动景,反衬出乡村平时少有外人到来周边的宁静,一旦来了生人,大家都十分关注。全诗写农村生活,一静一动,如在眼前。

(冯广宏补充)

赵南仲寄王朴画猫犬戏为之赋 宋·楼钥

髬髵两狻猊,胡为到庭户①。细观画手妙,摹写真态度。意足谢繁华,不待丹青污。乱扫腹背毛,头足巧分布。尨也如愁胡②,眉攒眼光注③。岂惟足生牦④,垂耳纷败絮。掉尾固自若,狸奴为惊惧⑤。侧耳实畏之,冲目犹敢怒。诚知取形似,不吠亦不捕,对之辄一笑⑥,聊用慰沈痼⑦。

注 释

①髬髵(pī ér):猛兽鬣毛竖起貌。狻猊(suān ní):狮子,这里是形容狗与猫。胡为:怎么;为什么。②尨(máng):多毛狗、长毛狗。愁胡:胡人眼目深陷,状似发愁,形容狗的容貌和眼光锐利。③攒(zǎn):聚集。④牦(máo):本为有长毛的牦牛,这里指长毛。⑤狸奴:猫之别称。⑥辄:每。⑦沈痼:亦作沉痼、沉锢,积久难治的病。

解 说

作者楼钥(1137~1213),字大防,号攻愧主人。鄞县(今浙江宁波鄞州)人。隆兴元年(1163)进士。初任教官,光宗时升为起居郎兼中书舍人,因与大臣韩侂胄政见不合辞官。韩侂胄被诛后,又起为翰林学士、吏部尚书兼翰林侍讲,进用为参知政事,后又为资政殿大学士、提举万寿观。卒谥宣献。题中赵南仲

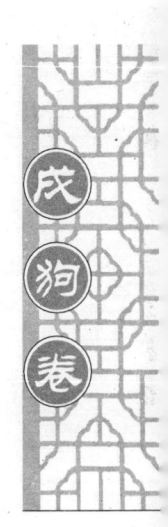

及画家王朴，生平不详。

这是一首题画的五言古风诗，意思是说画面上的一猫一狗像两条狮子，怎么来到家中呢？仔细一看，是一位高手画的，就像真的一样。其姿态美好，描绘生动，用不着再着色！长毛狗的腹背之毛画得很顺光，头脚也画得很匀称。狗的情态从它的眼光里就可以看出。不仅脚上长着长毛，两耳也是如此。它摇尾自若，猫儿见了非常害怕，跑到一边，但也只敢怒目而视。这两只尤物，既不叫闹，也不需喂养。人们看了，又不能不笑，病人看了可能还会去病怡情呢。全诗描写图画之超妙，真正出神入化。

郊行 金·郦权

溪桥纳纳马蹄轻①，竹里人家犬吠声。
行尽滩光溪路黑②，隔林灯火夜深明。

注释

①纳纳：沾湿貌。刘向《九叹·逢纷》："裳襜襜而含风兮，衣纳纳而掩露。"王逸注："纳纳，濡湿貌也。"②滩光：指溪滩反射的天光。

解说

作者郦权，字元舆，安阳（属河南省）人。明昌初年（约1190）为著作郎。作诗颇有笔力，多有佳句为人传诵。

这是一首七绝。说马儿走在沾湿的溪桥之上，发出轻轻的声音，但也使竹林里一户人家的狗警觉起来，发出了狂叫声。时间已经很晚了，走到河边，只看到滩头的微光而小路差不多看不到了，远处邻村的灯光在如此夜深还显得特别明亮。这真是一幅郊原夜行图。

阎立本职贡图 金·阎长言

谔谔昌周此一书①，形容獒贡写成图②。
宁知右相无深意③，莫指丹青便厚诬④。

注释

①谔谔：直言争辩貌。昌周：使周室昌盛。刘向《说苑》："孔子曰：良药苦于口、利于病；忠言逆于耳、利于行。故武王谔谔而昌，纣嘿嘿而亡。"②獒贡：各地贡品中有獒犬。獒为大犬，高四尺。周武王克殷后，西旅国来献大犬，召公认为不可接受，劝武王慎德。③右相：相当于中书令，阎立本曾任右相。《旧唐书》本传："及为右相，与左相姜恪对掌枢密。恪既历任将军，立功塞外；立本唯善于图画，非宰辅之器，故时人以《千字文》为语曰：'左相宣威沙漠，右相驰誉丹青。'"当时即有贬意。唐太宗时令阎立本对景写生，阎立本不敢违命，伏在春苑边细心描绘，弄得图上和身上都色彩斑斓，狼狈不堪，回到家里告诉儿子：你们千万不可学画！④厚诬：深加指责，乱扣帽子。

解说

作者阎长言，字子秀，济南长清人。承安五年（1200）以经义取士，阎长言为女真族词赋经义状元。工词赋，在翰苑十年，出为河南府治中，卒于亳州。

阎立本（约601~673）是唐代画家兼工程学家，雍州万年(今陕西省西安临潼区)人，擅长绘画。在隋代官至朝散大夫、将作少监。唐贞观时任主爵郎中、刑部侍郎。高宗显庆元年(656)由将作大将升为工部尚书；总章元年(668)升为右相，封博陵县男。咸亨元年（670）迁中书令。所绘《职贡图》现存，但经过裁切。全幅绘有二十七人，进贡队伍自右向左行进。行列的中央及左方，有人持伞盖随行，伞盖下人物为各国使者；贡品包括鹦鹉、怪石、象牙等，充满异国的情调，现藏台北故宫博物院。

这是一首题咏《职贡图》的七绝诗，图上贡品中并无獒犬，诗中仅借以为典。

狗马辞　元·杨维桢

狗有乌龙兮马有的卢，的卢徇主兮乌龙食奴①。於呼！交之借兮无解，孤之托兮无婴②。吁嗟乌龙兮狗之解，吁嗟的卢兮马之婴③。

注释

①乌龙：晋代张然所畜黑犬。《续搜神记》："会稽人张然，滞役经年不归，妇遂与奴私通。然养一狗，名曰乌龙。后归，奴与妇欲谋杀然。狗注睛舐唇视奴……然大呼曰：'乌龙！'狗应声伤奴，奴失刀仗，然取刀杀奴。"的卢：额上有白色斑点的马，古人认为这种马妨主。语出《相马经》："的卢，马白额入口至齿者，名曰榆雁，一名的卢。奴乘客死，主乘弃市，凶马也。"《三国志·蜀志·先主传》"荆州豪杰归先主者日益多"裴松之注引《世语》："备屯樊城，刘表礼焉，惮其为人，不甚信用。曾请备宴会，蒯越、蔡瑁欲因会取备，备觉之，伪如厕，潜遁出。所乘马名的卢，骑的卢走，堕襄阳城西檀溪水中，溺不得出。备急曰：'的卢，今日危矣，可努力！'的卢乃一踊三丈，遂得过。"徇（xùn）主：顺从主人。②於呼：即"呜呼"，叹词。交之借：即借交，借别人之力来帮助。解：指汉武帝时帮人报仇的侠客郭解。《史记·游侠列传》："（解）以躯借交报仇。"孤之托：即托孤。婴：指春秋时晋国义士程婴。晋景公三年，大夫屠岸贾杀灭赵族，他故意告发冒充的孤儿，抱赵氏真孤匿养山中。《史记·赵世家》："赵朔妻成公姊，有遗腹，走公宫匿。""屠岸贾闻之，索于宫中。""程婴出，谬谓诸将军曰：'婴不肖，不能立赵孤。谁能与我千金，吾告赵氏孤处。'诸将皆喜，许之。""诸将以为赵氏孤儿良已死，皆喜。然赵氏真孤乃反在，程婴卒与俱匿山中。"③吁嗟（xū jiē）：表示忧伤或感触。

解说

作者杨维桢（1296～1370），字廉夫，号铁崖、铁笛道人、铁心道人、铁冠道人、铁龙道人、梅花道人，晚年自号老铁、抱遗老人、东维子。会稽（浙江诸暨）人。与陆居仁、钱惟善合称为元末三高士。泰定四年（1327）进士。历天台县尹、杭州四务提举、建德路总管推官。元末农民起义爆发，避居富春江一带，张士诚屡召不赴，在松江筑园圃蓬台。有《东维子文集》《铁崖先生古乐府》行世。

这首古诗近于骚体，主题是用忠于主人的乌龙狗与的卢马，与人间的豪侠义士郭解和程婴相比，暗示动物有时也能够与人相提并论。言外之意，世上有更多的人，连动物都不如。诗中连用许多感叹词，以表达作者内心的沉痛。

（冯广宏补充）

宿卓水　元·许衡

寒釭挑尽火重生①，竹有清声月自明。
一夜客窗眠不稳，却听山犬吠柴荆②。

注释

①寒釭：寒夜的油灯。②柴荆：即柴门。

解说

作者许衡（1209～1281），字仲平，人称鲁斋先生；河内李封（今河南省焦作市）人。入元任中书省议事、中书左丞；长期担任国子监祭酒，主持教育工作。卒谥文正，封魏国公。

这首七绝诗描写作者旅行途中，夜宿卓水（在河南辉县）的情景：客栈的油灯暗了，就拨一次灯芯，灯火就亮起来。但灯芯将拨完了，天还未亮。窗外竹林发出清轻声音，月光静静地自然挥洒在大地上，作者心事重重，一夜难以入眠，凌晨又听到山里人家因柴门开启而引起犬吠的声音，这真是一个清静而又烦心之夜。

海狗窝石图 元·袁桷

灵璧层峰负六鳌①,药栏花槛翠周遭②。
如何画史同群吠,不与君王绘旅獒③。

注释

①灵璧:安徽省灵璧县。六鳌:神话中负载五座仙山的六只大龟,事见《列子·汤问》。②药:芍药。③画史:即画师。旅獒:周武王时西旅国进贡的獒犬,是一种贵重的狗。

解说

作者袁桷(1266~1327),字伯长,号清容居士。庆元鄞县人。大德元年(1297)为翰林国史院检阅官,升应奉翰林文字,同知制诰兼国史院编修官。延祐年间(1314~1320)迁待制,任集贤直学士、翰林直学士,知制诰同修国史。至治元年(1321)迁侍讲学士,参与篆修累朝学录,泰定元年(1324)辞归。卒赠中奉大夫、江浙中书省参政,封陈留郡公,谥文清。

这首其七绝诗是题在奇石和群狗的图画。所谓海狗,就是海外引进的狗,并非现代哺乳动物海狗;窝石则为太湖石,玲珑剔透。诗中第一句描写画上奇石;第二句描写画上鲜花。后面两句故提疑问:画师为什么只画只会群吠的普通狗,而不去画皇家名贵的贡犬?人别其位,所言亦别有其意。

题窝石海狗图 元·柳贯

越犬初随贾舶来①,闲阶弄影小徘徊。
花阴满地浓如雪,解下金铃不用猜。

注释

①越犬:远方的狗。贾(gǔ)舶:商船。

解 说

作者柳贯(1270~1342),字道传,婺州浦江(今属浙江)人。曾任江山教谕。至正二年(1342)起为翰林待制兼国史院编修官。

这是一首题画奇石和狗的七绝诗。第一句开宗明义,是说所画的狗,是随商船而来的海外狗。它在阶庭之上踱步而行,衬托以花枝树影,说明早已解下金铃等的束缚,任其自由行动,怡然自得。诗给画增添了活跃的生气。

题犬 元·贡性之

深宫饱食恣狰狞①,卧毯眠毡惯不惊。
却被卷帘人放出,宜男花下吠新晴②。

注 释

①狰狞:凶勇貌。②宜男:萱草别名。

解 说

作者贡性之,字友初(一作有初),宣城(今属安徽)人。元大德中(1298~1302)以胄子除簿尉,有刚直名,后补合省理官。入明不仕,居山阴,改名悦,躬耕自给以终,门人私谥为真晦先生。

这是一首专咏大户人家宠犬的七绝诗。它住在深宅大院。吃得好,长得肥,姿态凶猛;卧于毡毛地毯,已是习以为常,见惯不惊。被主人放出来,也只是在萱草花下蹦蹦跳跳,晒着久雨后的太阳格外高兴,作些无意思的嗷叫,以博得主人的欢心。诗中有讥刺权贵之意,只是表达得比较隐晦。

黄荃芙蓉乳狗 元·虞集

西旅初闻效贡来①,金毛覆地不凡材。
驺虞麟趾同灵囿②,抱子花阴卧石苔。

注释

①西旅：古国名。曾向周武王进贡獒犬。②驺虞：兽名，传说中的义兽。麟趾：麒麟是传说中的神兽，趾指麒麟的蹄。诗经《国风·周南》有"麟之趾，振振公子"之句。灵囿（yòu）：周文王的苑囿名。《诗经·大雅·灵台》："王在灵囿，麀鹿攸伏。"

解说

作者虞集（1272~1348），字伯生，号道园，人称邵庵先生。四川仁寿人。官至翰林侍讲学士、通奉大夫。为元代诗人四大家之一。题中黄荃（？~965）是五代时名画家，字要叔，成都人，开后蜀时西蜀画派。曾为翰林待诏，司翰林图画院事；后蜀主孟昶加官衔为如京副使。

这是一首吟咏黄荃画作的七绝，画上有芙蓉花和狗的母子。诗中形容那狗如同周武王时西旅国进贡的獒犬一样珍贵，金黄色的皮毛，显得特别华丽；理应与驺虞、麟趾等宝物一样受到宠爱。你看，母狗将它的小崽抱在怀里，睡卧在石台的花荫之下，显得多么可爱！

题李迪画犬 明·高启

猧儿偏吠客①，花下卧晴莎。
莫出东原猎，春来兔乳多②。

注释

①猧（wō）儿：小狗。②兔乳：即乳兔，才出生的小兔。

解说

作者高启（1336~1373），字季迪，长洲（今苏州市）人；与杨基、张羽、徐贲被誉为"吴中四杰"。洪武元年（1368）授翰林院编修，纂修《元史》。苏州知府魏观修复府治旧基，高启撰写了《上梁文》；因旧基原为张士诚宫址，有人诬告魏观有反意，魏乃被诛；高启也受株连受到腰斩。题中李迪是宋代画家，所画《猎犬图》形神兼备，至今藏于北京故宫。

这是一首题宋画的五绝诗。前两句是画面提供的景象；后两句是诗人的主观感想。劝说人们不要去东原狩猎，因为这时春季已到来，那里需要吃奶的小兔子多，不要去伤害它们，体现了诗人的仁爱之心。据说李迪这幅《猎犬图》画得逼真，猎犬逡巡潜行，不让兔子发觉，因而诗人才担心兔子受害。

金丝犬　明·瞿佑

摆尾摇头庆所遭，爱同狮子炫金毛①。
花前喜共狸奴戏，月下难随狗党嗥②。
易卦已曾称小畜③，书篇底用诧灵獒④。
主翁要使防门户，免逐韩卢较猎劳⑤。

注 释

①炫：自我矜夸。②狸奴：猫的别称。狗党：成群的狗。嗥（háo）：大声吠叫。③小畜：易卦名。④灵獒，高大的猛犬。《书经》的《旅獒》篇即专记西旅贡獒之事。⑤逐：追随。韩卢：战国时韩国的著名猎犬。《战国策·秦策》："以秦卒之勇，车骑之多，以当诸侯，譬若驰韩卢而逐蹇兔也。"较猎：即狩猎。

解 说

作者瞿佑(1347～1433)，字宗吉，号存斋，钱塘（今浙江杭州）人，一说山阳（今江苏淮安）人。历任浙江临安教谕、河南宜阳训导、周王府长史。永乐年间因诗获罪，谪戍保安（今陕西延安）十年。洪熙元年（1425）赦还，后官复原职，内阁办事。

这首诗是专门咏一种金丝犬的七律。首联是对其性格和外貌特征的描述：碰到什么就得意地摇头摆尾，喜欢炫耀自己身上有如同狮子一样的金黄色皮毛。颔联是表述其个性：喜欢和猫一起戏弄花影，不像其他狗那样在夜晚嗥叫；颈联是以《易》《书》两部经书抬高它的身价：《易》卦称小畜，《书经》叫灵獒，均有褒奖之誉。末联是说它的作用，在主人眼里，是为了让它看门守

家，并不要求它像古代名犬韩卢那样的效狩猎之劳，但也不能把它当作花瓶仅作观赏。全诗把金丝犬描述了得栩栩如生，言外之意，影射一个人也不能虚有其表而不干实事。

暮景 明·申光汉

树密深浓翠，孤烟淡作云。
前村闻犬吠，暗路草中分。

解 说

作者申光汉(1484～1555)，明代朝鲜人，小说家，其小说集有《企斋记异》，由《崔生逾真记》《书斋夜会录》《何生奇遇传》《安凭梦游录》四短篇组成。这是一首描写薄暮的乡村景色的五绝诗。浓密的树丛泛起深深的翠绿，一股炊烟升起，好似一朵浮云。渐渐暗淡的日光，透出草丛之中有一条透迤的小道由远而来。在这一幅静静的画面中，好像只有唯一的声音——那就是前村的狗叫，它展现了乡村生活的灵动气息。

游天坛山 明·谢榛

偶逢双玉童①，相引躡云去②。
犬吠洞门开，三花最深处③。

注 释

①玉童：一对仙女。《幽明录》叙说汉明帝永平五年，剡县刘晨、阮肇共入天台山取谷皮，迷不得返。经十三日，采桃食之。下山以杯取水，过一山，见二女容颜妙绝，呼二人，款待半年。后求归，至家，子孙已七世矣。②躡(niè)：踩、登。③三花：三花树之省称。李白《鸣皋歌奉饯从翁清归五崖山居》诗："去时应过嵩少间，相思为折三花树。"王琦注："三花树，即贝多

树也。"属常绿乔木。高十多米，茎上有环纹。叶子大，掌状羽形分裂。花淡绿而带白色，只开一次花，结果后即死亡。叶子称为"贝叶"，可做扇子，亦可代替纸用来写字，贝叶经即用其写成。或称为贝叶树、多罗树。

解说

作者谢榛（1495～1575），字茂秦，号四溟山人、脱屣山人，山东临清人。是一位布衣诗人，一生未曾入仕；刻意为歌诗，以声律有闻于时。嘉靖间与李攀龙、王世贞等结诗社，为"后七子"之一。题中天坛山又名阳洛山，位于济源市西北，为王屋山主峰。绝顶有坛，传为轩辕黄帝祈天之所。

这首五绝，化用"刘阮天台"故事，说在天坛山遇到两个仙童，带他向布满云彩的山间走去。在洞门外狗叫了，洞门开了，于是走向里面深处，那是山花烂漫的仙景。"犬吠洞门开"，可以说是开启仙景之处，也可以说是狗在"引人入胜"了。

潞阳晓访冯员外汝言　明·谢榛

野阔早霜明，林空凉吹动。
一犬吠人来，松窗破秋梦①。

注释

①松窗：临松之窗，多指别墅或书斋。

解说

这是一首描写乡间早景的五绝诗。开阔的平野，显出霜露的明亮，树林间吹来阵阵凉风，村里唯一的狗因有人来访而叫起来，使得别墅里的人从甜蜜的梦中惊醒。似乎这里宁静的氛围是被狗的吠声打破，但也正是狗的吠声，迎来了客人的光顾，唤起了一天新的生活。

题犬　明·张凤翼

玉勒追随子夜风①，金铃摇月吠梧桐。
明朝较猎长杨馆②，万骑丛中第一功。

注释

①玉勒：玉制的马衔，泛指马。子夜：深夜。②较猎：即打猎。长杨馆：即长杨宫。《三辅黄图·秦宫》："长杨宫在今盩厔东南三十里，本秦旧宫，至汉修饰之以备行幸。宫中有垂杨数亩，因为宫名；门曰射熊馆。秦汉游猎之所。"此指狩猎之地。

解说

作者张凤翼（1527～1613），字伯起，号灵虚，长洲（今江苏苏州）人。嘉靖四十三年（1564）举人。为人狂诞，擅作曲。

这是一首咏猎犬的七绝诗。马与猎犬互为衬托。马儿可连夜奔跑，猎犬则对梧桐之下的月影随意嗷叫。待明日，在较猎之地一展才华的是万马之中的猎犬！以静制动，犬胜于马。

题画　明·释德清

风雨孤舟夜，微茫草树春。
茅檐惊犬吠，定是渡江人。

解说

作者释德清(1546～1623)，字澄印，号憨山，俗姓蔡，安徽人。万历十一年(1583)从五台山来到崂山。太清宫道士对其讼控，至万历二十三年(1595)被充军雷州，万历四十二年(1614)才获赦放还。

这是一首题画五绝，描写在风雨中，一叶孤舟衬着朦胧的夜色；一片微茫的春草夹拥着一些灌木丛林。茅屋檐下的狗惊叫起来,定是有人过江来了。这是一幅江边春夜图,还是那只小狗,它的吠声,给这无声的画面带来了生动的春意。

山家 明·姚旅

柏叶麝餐云暖①,柳条鸟踏烟寒。
稚子出墙看客,隔篱犬吠衣冠。

注释

①麝(shè):一种小型粗腿的鹿,雄兽能分泌麝香。

解说

作者姚旅(?~1622),字园客,初名鼎梅,莆田涵江北山(今属福建)人。有才名,屡试不第,于明万历间(1573~1619)游学四方。

这是一首描写山家生活的六言诗。前两句对仗,麝餐柏叶,鸟踏柳枝,山乡景色多么自然和谐。下面接着说,小孩把头伸出墙去看什么?原来是隔壁的狗望见了远处似有人来,虽然只是看到一些模糊的衣帽的影子。极言山家环境之幽静,生活之寂寞,也反映出吠狗之灵敏。

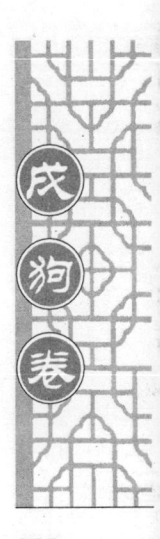

秋日过子问郊原 明·王伯稠

叶舠百转入幽溪①,灌木苍藤夹岸迷。
一缕炊烟山犬吠,柴门忽出竹丛西。

注释

①叶:一叶。舠(dāo):刀形小船。

解说

作者王伯稠,字世周,昆山(山东诸城西南)人。生平不详,约万历年间

(1573～1619) 在世。工诗,为王世贞兄弟所称。题中"子问"是作者友人之名,不详何人。

这首七绝真如一幅山水图:一叶小舟转入幽深的溪中,两岸是灌木花藤,使人不辨方向,恍入梦中。一缕炊烟升起,同时山犬叫了起来,从一扇柴门里跑了出去,忽然在竹丛之西出现,它唤醒了人们的神思:真是又一幅桃花源景。

巫夔道中　明·黄辉

星星冷炬拂云堆,夜踏偏桥半欲摧①。
人队似猿穿岭去,犬声如豹透林来。

注释

①冷炬:暗淡的火把。偏桥:简陋小桥。

解说

作者黄辉(1559～1621),字平清、昭素,号慎轩,又号无知居士、云水道人,四川南充人。自幼聪明机警,记忆力强,被视为神童。15岁中解元(举子第一名),万历十七年(1589)中进士,选翰林院庶吉士,为编修。迁右春坊右中允,为皇长子讲官,升少詹事兼侍读学士,卒于官位。

这是一首描写历经长江三峡山道情景的七绝。山岭中只有星星点点的惨淡火炬,衬照云端,夜晚走上危桥,摇摇晃晃,担心要垮。那一队人马,黑夜里猴子一样穿山越岭,惹得山犬叫声如同豹子吼声一般,透过林子愤怒地传来。全诗写尽夜行巫夔山道的艰难,景物如在眼前。

冬日穆湖村居同蕴辉上人赋　明·释智舷

买得渔蓑与钓纶①;天寒日暮水无鳞。
浩歌一曲知何处,犬吠芦花不见人。

注释

①渔蓑：渔人的蓑衣。钓纶：钓鱼线等工具。

解说

作者释智舷，字苇如，又号秋潭。嘉兴梅溪人。明代晚期金明寺诗僧，万历年间（约1596前后）在世。题中穆湖，是嘉兴的名胜之地。

这是一个出家人与朋友蕴辉同写的诗，抒发渔者之乐的闲雅情怀。虽然已买到了蓑衣和钓鱼的工具，但已天寒日暮，水里已无鱼可钓。不知道哪里传来一阵歌声，狗儿对着江边的芦花狂叫，但却见不到人。这是一对出家人的唱和，似乎从诗中已透出一种清静出尘的禅意。

舟中见猎犬有感而作（二首） 清·宋琬

秋水芦花一片明①，难闻鹰隼共功名②。
樯边饱饭垂头睡③，也似英雄髀肉生④。

黄耳传书事不讹⑤，松江高冢尚嵯峨⑥。
韩卢烹后功臣死⑦，莫向淮阴祠下过⑧。

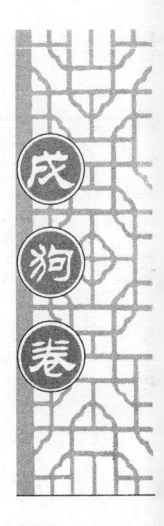

注释

①明：水光。作者是在船上观察外物，先见水景。②鹰隼：两种凶猛的能捕食小兽及其他鸟类的禽鸟。③樯：船的桅杆。④髀（bì）肉生：指人长久不骑马，大腿上的肉又长起来了。用刘备故事。⑤黄耳：晋陆机之犬，曾为其行千里路传递家书。⑥松江高冢：陆机家近松江，黄耳犬死后，家人营葬为冢墓。嵯峨：高大。⑦韩卢：春秋时韩国之名犬。⑧淮阴祠：祭祀汉韩信的祠。韩信为刘邦建有大功，封为楚王，后被告谋反，被贬为淮阴侯，终被吕后所杀。所谓"狡兔死，走狗烹"。

解说

作者宋琬(1614～1674)，字玉叔，号荔裳，莱阳人（今属山东）。顺治四年

(1647)进士,授户部主事,累迁吏部郎中,出为陇西道。顺治十八年（1661）擢浙江按察使,因山东于七农民起义,仇家告他有牵连,因此,系禁三年,几乎死于狱中。获释后,长时期流寓吴、越,至康熙十一年（1672）起用,授四川按察使。

这两首七绝,一是实景的描述,一是见犬思事。第一首写江边所见情景:一只猎犬沉湎于秋水芦花之间,再不与鹰隼在狩猎之场争功,而静卧在船的桅杆之旁。它必定会像久不骑马的英雄一样,大腿上的肉长了起来,已不习惯于在猎场争战了。第二首是说古代名犬如黄耳传书的事不假,有的名犬之墓尚在。但是许多名犬最后的结局是被杀而烹,也像功臣在胜利之后被贬被杀,睹犬思人,有着相同的命运,让人感叹和深思。

官军行 清·汪琬

乱飞沙禽吠村狗,官军夜逾谷城口。大船小船争避行,长年吞声复摇手①。锦袍绣箙月中明,牛肉粗肥挏乳清②。胡琴扫遍伊凉曲③,尽是冰车铁马声。

注释

①长年:撑船的技工。②箙（fú）:盛弓箭的袋。挏（dòng）乳:取马奶制酪;泛指奶酪。明归有光《马政志》:"驱马出建德门外,取其肥可挏乳者以行。"③胡琴:传自西北的乐器,宋代称稽琴,弹拨琴弦来发音。陈旸《乐书》卷一二八载:"胡琴本胡乐也,出于弦鼗而形亦类焉,奚部所好之乐也。盖其制,两弦间以竹片轧之,至今民间用焉。"与现代胡琴有异。伊凉曲:西部曲调名。指《伊州》《凉州》二曲。

解说

作者汪琬（1624~1691）,字苕文,号钝庵,初号玉遮山樵,小字液仙。长洲（今江苏苏州）人,晚年隐居太湖尧峰山,学者称尧峰先生。顺治十二年（1655）进士,康熙十八年（1679）举博学鸿词科,授翰林编修。曾任户部主事、刑部郎中等职,后因病辞官。与侯方域、魏禧合称明末清初散文三大家。有《尧峰诗文钞》《钝翁前后类稿、续稿》传世。

这首七言古诗,描述官军过境时的扰民情况,十分写实。开头一句就很惊人,到处都在鸡飞狗跳,原来是官军过了谷口。下面历数大小船只慌忙避让,船工们纷纷摇手,示意不要出声;只见月光之下,士兵带着牛肉奶酪,军服鲜明,奏着胡琴,一片金戈铁马之音。这是王者之师吗?要打一个大大的问号。

(冯广宏补充)

村夜 清·费锡璜

村夜百机息,桑榆辨渺茫①。
犬声一巷月,人语满船霜。
秋远荞花静②,宵深橘叶香。
幽怀无与晤,独立咏沧浪③。

注释

①百机:种种生机,种种活动。桑榆:喻日暮。按:前句已言村夜百机息,此处之桑榆亦有田园之意,《魏书·逸士传·眭夸》:"或人谓夸曰:'吾闻有大才者必居贵仕,子何独在桑榆乎?'"②荞花:荞麦花,花色有红、白、紫、黄、绿等色,多红白相间,以白色为基调。荞麦在南方平地多立秋后播种。③沧浪(láng):多指青苍之水色。《孟子·离娄上》:"有孺子歌曰:'沧浪之水清兮,可以濯我缨;沧浪之水浊兮,可以濯我足。'"后遂以"沧浪"指此歌。南朝梁刘勰《文心雕龙·明诗》:"孺子'沧浪',亦有全曲。"后人多以沧浪二字兴感怀之作。

解说

作者费锡璜(1664~?),字滋衡,四川新繁(今属新都)人。费密之子,隐居不仕,后登芝罘(fú)(山名,在今山东烟台市北,三面环海,一径南通。秦始皇二十九年登芝罘刻石,三十七年登芝罘射鱼,汉武帝太始三年登芝罘,即此山),投其诗于海中,痛哭而返,伤其才之不遇。

这首五言律诗写临江乡村入夜前的情景。在暮色微茫时候,村里一切劳作都将歇息了,分辨不清村边的桑树榆树。犬声,巷月,带霜的归船,嘈杂的人声,把临江乡村傍晚景象勾画无遗。诗人目光一转,转到秋天的原野,地里荞花,在远处静静地装饰着大地,夜深人静还能闻到橘叶的清香。诗人不尽的幽怀向谁倾诉,只有独立江干,对沧茫流水而自吟自叹。

(何焱林补注)

山村　清·戴寅

一径松阴转,人家半岭分。
溪声常带雨,鸟梦不离云。
野兴吟秋色,闲情醉夕曛①。
羡他田舍乐,鸡犬亦欣欣。

①曛(xūn):落日的余光。

作者戴寅,字统人,又字东溟,号东滨,沧州(今属河北)人。康熙四十七年(1708)举人,官江西定南知县。画仿宋、元,工填词,著有《黑貂裘传奇》《小戴诗草》等。

这是一首写山村景色的五言律诗。前两联是客观自然景色:松阴随日转,把半山上人家分成阴阳两半,潺潺溪水,有如帘外之雨声,鸟儿在树上栖歇,做梦可能都在云间飞翔。后半部分写作者的感受和心情:山野秋色能使人兴吟咏雅兴,面对夕曛更使人兴陶醉闲情。农家的乐趣令人羡慕,连农家的鸡犬都那么高兴,那么快乐。全诗给人展示的是一派清幽闲适农家乐的图景。全诗语言精巧,深有意境。

淮阴边寿民苇间书屋 清·郑燮

边生结屋类蜗壳，忽闻一窗洞寥廓。数枝芦荻撑烟霜，一水明霞静楼阁。夜寒星斗垂微茫，西风入帘摇烛光①。隔岸微闻寒犬吠，几捻吟髭更露长②。

注释

①帘（liǎn）：门帘。②几捻：手指搓转。髭（zī）：上唇短须，《说文》："口上毛也，从须，此声。"

解说

作者作者郑燮（1693~1765），字克柔，号板桥，兴化（清属江苏扬州府治）人。乾隆时进士。官范县、潍县知县。以岁饥为民请赈，忤上官意罢官，归里不再出仕。久居扬州鬻画，与金农、汪士慎、黄慎、李鱓、李方膺、高翔、罗聘称"扬州八怪"。善诗，工画兰竹，书法于行楷中兼取隶法，自号"六分半书"。书诗画皆自成一家。诗词皆别调，而有挚语。著有《板桥全集》。

题中边寿民，为清代花鸟画家。初名维祺，字颐公，又字渐僧、墨仙，号苇间居士。江苏省淮安人。是扬州画派的代表人物，与王孟亭、郑板桥等齐名。擅长用泼墨法描绘芦雁，其作品逸丽生动，飞鸣宿食，各得神趣。间画山水、花卉，别有韵致。工书法，所居苇间书屋，社会名流过淮阳时都要去造访。

这首七言古风诗，是作者访问书友新居而作。新居简陋矮小，用芦荻搭建而成，有一窗，可洞观外面的世界。傍水而居，霞光映照。星斗微茫，西风摇烛，还能听到隔岸的犬吠。这种环境正是诗人捻须吟咏的好地方。即便是更长露冷，也自觉悠然惬意。

按：髭字今人往往读成"此"音，今特标明，以资关注。

山中卧雪呈青岩老人　清·郑燮

一夜西风雪满山，老僧留客不开关。
银沙万里无来迹，犬吠一声村落闲。

解说

这是作者写给青岩老僧的七绝诗。这天诗人留宿青岩山中，一夜寒风，下起一场大雪，铺山盖岭。白茫茫万里无人迹，偶尔听到村落一声犬吠，使寂静山野添了一点生气。

小园　清·郑燮

月光清峭射楼台，浅夜篱门尚半开。
树里灯行知客到，竹间烟起唤茶来。
数声犬吠秋星落，几阵风传远笛哀。
坐久谈深天渐曙，红霞冷露满苍台。

解说

这是一首描写诗人清夜待客的七律诗：冷峻的月光照射楼台，入夜篱门还半开着，正等待相约的好友到来。你看那树林里打着灯笼过来的不正是所要等待的客人吗。好客的主人忙着烧茶，炊烟在竹间升起，不一会主人将茶奉到客人座前。秋夜坠落的流星引起几声犬吠，时而夜风传来远处的笛声。一夜长谈不知不觉天已亮了，友情深深，话长夜短。红霞冷露铺满青苍的阶台。冷露清霜乃是长夜的产物，而红霞曙色，则昭示新一天的开始。

竹枝词 清·郑燮

水流曲曲树重重,树里春山一两峰。
茅屋深处人不见,数声鸡犬夕阳中。

竹枝词是由古代巴蜀民歌演变而来的一种诗体。作品大体有三种类型：一是民间歌谣，比较质朴；二是文人创作的带有民歌色彩之诗；三是借竹枝词格调而写的七言绝句。这首诗就属于此种。

作者在潍县为县令时，曾游历潍沂山水间，写了四十首竹枝词，这是其中的一首。描写山区人家，住在山清水秀的美好环境中，安闲静谧，有弯弯曲曲的流水，有苍翠茂密的森林。茅屋深藏林中，可以透过树间看到一二青葱峰峦，有犬护家，有鸡做伴。夕照中听到鸡犬之声，享受着闲适生活。这也许就是作者的追求与向往。

野月 清·吴进

荒荒野月高，径僻草蒙密①。
寺古庭无人，荆扉掩禅室②。
小犬宿烟萝③，僧归摇尾出。

①蒙密：草木繁茂貌。②荆扉：村野中简陋的屋门。禅室：僧伽习静之所。③烟萝：烟弥萝绕之地。

解 说

作者吴进，字揖唐，号飚村，江苏山阳（今淮安）人。

这是一首描写荒山古寺夜景的五言古风。荒野的古寺，人迹罕到。由于空气澄明,月亮都显得高远明亮,很少有人走的小路杂草丛生,古庙冷落。寺僧出门去了,禅房以荆柴作的简陋门扇掩着。小狗在烟萝中闲卧,听到寺僧归来的脚步声,摇着小尾迎了出去,甚是亲热,使这荒远的古寺呈现出勃勃生机。诗题为"野月",似可称为"僧归"。

过访随园主人不值　清·汤扩祖

花含宿雨柳含烟,隐士园林别有天。
高卧白云人不见,一家鸡犬翠微巅①。

①翠微:轻淡青翠的山色。

作者汤扩祖,字德宣,号勉堂,巢县人。著有《勉堂前后集》。亦是乾嘉时期画苑名家。

题中随园,为清袁枚隐居之所。原为金陵织造隋赫德之园,为袁枚所购,在今南京清凉山东的小仓山下,现已无存。

这首七绝,表明诗人造访随园不遇,给主人留下这首诗。诗中说,雨过初晴前往随园访问,此时花还带着昨天的雨露,柳还含着雨后的轻烟,园中花繁柳翠,别有洞天,好一座隐士园林!诗人倾慕的高士不在,可惜相见无缘。只见鸡犬栖歇在绿遮翠绕的小山之巅,悠闲自在,真使人钦羡!

过田家　清·牟峨

十里重重山对开,一逢佳景一徘徊。

村于蒙柳疏边出①，人自高粱绿里来。
当路横垂林有果，傍篱稳卧犬无猜。
倩谁为绘田家景②，添个征鞍曲水隈③。

注释

①蒙柳：幼小的柳。②倩（qiàn）：有请人替自己做事之意。③征鞍：指旅行者所乘之马。曲水隈（wēi）：江河湖塘湾曲处。

解说

作者牟峨，字延陵，栖霞人。诸生。著有《蝉吟集》。

这首七律，词语精妙，对仗工巧，体现出清诗的超越。诗中说作者沿着山溪行走，两岸山势重重叠叠相对而出，遇景色佳处必徘徊流连，欣赏溪山之美。村庄有蒙蒙绿柳掩映，劳作的人从翠绿的高粱地里走出，当路横垂的果树还挂有果实，傍篱安稳酣睡的家犬放心睡去，如果请人绘一幅田家图景，应在溪流转弯处，添一征鞍似乎就完美了。诗里既透出对田家景色的赞美，也透出作者"解甲归田"的意向。这首刻意描述农家风光的诗，离不开稳卧篱边的狗。

怀中诗　清·马体孝

赋性由来似野牛①，偶携竹杖过江头。
饭囊带露装残月②，歌板临风唱晚秋③。
两足踏开尘世路，一生历尽古今愁。
从兹不复依门户，荒犬何劳吠不休④。

注释

①赋性：本性，天性。宋苏轼《乞罢学士除闲慢差遣札子》："盖缘臣赋性刚拙，议论不随。"②饭囊：本意为只吃饭不做事之人。宋陆游《早饭后戏

作》诗之一："解衣摩腹西窗下，莫怪人嘲作饭囊。"此嘲自己百无一能，唯有带饭囊以乞食。③歌板：古唱曲时用以击节之板状乐器，有以檀木制作者，故一称檀板。唐李贺《酬答》诗之二："试问酒旗歌板地，今朝谁是拗花人？"④荒犬：村野的狗。

解 说

作者马体孝，字翁恒，山西凤台人。诸生。

这是一首抒怀的七律诗。首联直书其耿直的秉性，好似一条野牛，任性狂奔。偶尔也携竹杖到江头来看看这奔腾的潮流。颔联是叙述他的生活状态：带露赏月，临风唱晚。颈联是表述自己的一生：足踏尘世，历尽忧愁。末联是说，如今再也不依附什么门户，荒犬无知，为何还要狂吠不休！表达对世间小人的鄙视。这首诗前部分描写景物，后部分抒发感慨，末句借那只对着他狂吠的狗，表露出对现实社会不满的愤懑之情。

山居 清·方芳佩

市远山深兴自饶，数椽聊得避尘嚣①。
闲分鸟迹寻花径②，曲引泉流灌药苗③。
户外何知有鸡犬，闺中亦复乐箪瓢④。
幽窗喜与秋江近，欹枕长听上下潮⑤。

注 释

①椽（chuán）：架在檩子上之木条，一称椽子，以盖瓦或覆草，亦借指房屋间数。尘嚣：尘世之纷扰，喧闹。晋陶潜《桃花源》诗："借问游方士，焉测尘嚣外。"②鸟迹：鸟道，小道。③药：此处指亭苑中之园圃，此处药苗非药之苗，而是园圃中之花木苗。④箪（dān）瓢：盛食之箪，盛饮之瓢，亦指粗劣之饮食。⑤欹（qī）：斜倚、靠。

解 说

作者方芳佩(1728～1808)，字芷斋，号风池、怀蓼，女，浙江钱塘人。方涤山女,汪新妻,诰封一品夫人。工诗,在闺秀中卓然称大家。亦工书法,晚年尤善作擘窠大字。

这首七律诗写山居幽静,远离尘嚣,寻花灌苗。怡然自乐。因为无人经过,鸡犬之声不闻,主人几乎忘记了它们何在,家庭生活虽清贫然充实惬意。窗外秋江临近,潮涨潮落之声,清晰可闻。山居琴韵,悠然纸上。

(何焱林注)

夜宿田家 清·赵文楷

月初一丈高,众星垂纂纂①。驱车问田舍,径窄苍耳满②。犬吠松溪寒,花繁竹篱短。田父知客来,倾囊春酿软③。自言久不雨,苗长欲生秆④。县吏正催科⑤,追呼不得缓。我今苦行迈⑥,何时遂疏散⑦。亦知尘土客,不入烟霞伴。夜半邻鸡鸣,神清梦魂断。天明登前程,露下衣如浣⑧。

注释

①纂纂(zuǎn):集聚貌。《文选·潘岳〈笙赋〉》:"咏园桃之夭夭,歌枣下之纂纂。"②苍耳:一年生草本植物,多野生,春夏开花,绿色,果实倒卵形,有刺。茎皮可取纤维,植株可制农药;果实称"苍耳子",入药,可提取工业用的脂肪油,宋陆游《山园草间菊数枝开席地独酌》诗:"君不见诗人跌宕例如此,苍耳林中留太白。"③倾囊:全出所有。宋苏辙《王氏清虚堂记》:"钟、王、虞、褚、颜、张之逸迹,顾、陆、吴、卢、王、韩之遗墨,杂然前陈,赎之倾囊而不厌,慨乎思其人而不得。"春酿:农家自制的春酒。④秆:稻麦等作物之茎,如麦秆、麻秆等。⑤催科:催交赋税。⑥行迈:行走不已;远行。《诗·王风·黍离》:"行迈靡靡,中心如醉。"⑦疏散:散读去声。即闲散,闲逸,无所拘束。南朝宋谢灵运《过白岸亭》诗:"荣悴迭去来,穷通成休戚。未若长疏散,万事恒抱朴。"⑧浣:洗涤。

解 说

　　作者赵文楷，字逸书，号介山，太湖县（今属安徽）人。嘉庆元年（1796）状元，授修撰，历官山西雁平道。有《石柏山房诗存》。

　　这首古风诗，抒发的是课税对农家的威逼。虽然美好的田园环境中，吠犬平添了几分温暖，可是旱象却使老农分外焦急。更为可怕的是虽遭大旱，而县吏催科不止，使苦旱之民犹如雪上加霜。诗人闻此彻夜难眠，天明上路，露衣如浣。苛政猛于虎，信然。

（何焱林补注）

花贡驿　清·严烺

茅屋乱山下，重关古道中。
雾销岩骨黑①，霜老石衣红②。
小醉探乡梦③，闲吟记土风④。
夜深寒犬吠，飞雪扑帘栊⑤。

注 释

　　①岩骨：山石，岩基。②石衣：岩石上的苔藓。③乡梦：思乡恋乡之梦。唐宋之问《别之望后独宿蓝田山庄》诗："愁至愿甘寝，其如乡梦何？"④土风：地方风俗习惯。晋袁宏《后汉纪·明帝纪上》："夫民之性也，各有所禀。生其山川，习其土风。"⑤帘栊：窗帘和窗框。也指门窗帘子。南朝梁江淹《效张华〈离情〉》："秋月映帘笼，悬光入丹墀。"

解 说

　　作者严烺（lǎng）（？～1840），字小农，号匡山，浙江仁和人，嘉庆元年（1796）进士。嘉庆中，捐为通判，发南河，累擢徐州道，后丁母忧。道光元年（1821）服阕，授河南河北道。寻命以三品顶戴署河东河道总督，三汛安澜。有《红茗山房诗存》传世。

　　这是一首描写冬日行走在古道上情境的五言律诗，以寒夜的犬吠，凸显出行旅之苦厄。颈联、尾联则写长途跋涉之后,终到驿站,有了暂时栖身之所,可以饮一点小酒,二八阑干中可以做一做思乡之梦,或者闲吟几句诗词,记一记当地风情。最后夜渐深,虽然劳累一天,还饮了酒,还是睡不安稳,所谓寒村犬吠,午夜鸡鸣,迷糊中竟至飞雪破窗而入。明日旅途将是何等寒冷艰辛。在家千日好,出门时时难,此言不虚呀!

(何焱林补注)

弥望　清·沈承瑞

白日江流接远天,紫台秋色下寒烟①。
鱼龙戏水云容黯,雕鹗盘空风里骞②。
不信渔樵终混迹,可能鸡犬共登仙。
此身未老心犹壮,弥望千秋一洒然③。

注释

①紫台:帝王宫室。《文选·江淹〈恨赋〉》:"若夫明妃去时,仰天太息。紫台稍远,关山无极。"李善注:"紫台,犹紫宫也。"寒烟:秋冬寒冷之烟雾。②雕鹗:大雕与鹗隼,皆猛禽。骞(qiān):飞起。③洒然:欣然;洒脱。

解说

作者沈承瑞,字香余,汉军旗人。优贡,考授训导。生活在乾隆、嘉庆、道光间(1780~1835),有《香余诗钞》。他与奉天缪公恩为关东诗群的代表人物,随东北一批乡土诗人崛起,堪称奇才。沈承瑞为东北本土诗人,对东北诗坛之建立与发展多有贡献。

这首七律诗写诗人在秋色渐深时遥望远天所生之感慨,以鱼龙戏水,雕鹗盘空,表示自己志存高远,不信终身混迹于渔樵之间,可能由于自己之努力而发达,使得周围之亲朋故旧一同得益。结句弥望千秋,想到一旦有志竟成,不禁欣然洒然,对未来充满信心与希望,是一首励志之诗。诗中提到汉代刘安炼仙丹致鸡犬一同升天的典故,把狗推出前台,作为陪衬。

(何焱林补注)

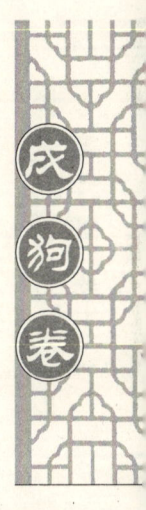

戌狗卷

夜访同人清玉山堂 清·陆费瑔

夜火出深巷，寒犬知人行。隐隐市阛闭①，近郭闻疏更。遥钟堕寥廓，一白惊烟生。到门人影湿，素月流无声。虚堂坐飘忽②，款语含凄清③。静极不知永，孤灯如有情。忘言结古欢④，醇酎相与倾⑤。方欣寤歌适⑥，屋角晨鸡鸣。

注释

①阛：市场大门。②虚堂：高堂、客堂。南朝梁萧统《示徐州弟》诗："屑屑风生，昭昭月影。高宇既清，虚堂复静。"③款语：细语恳谈。唐王建《题金家竹溪》诗："乡使到来常款语，还闻世上有功臣。"④忘言：无须言语而以心相交。韩愈《祭薛中丞文》："况某等忘言斯久，知我俱深。"古欢：指旧交、老友。清龚自珍《己亥杂诗》之一五九："乡国论文集古欢，幽人三五薜萝看。"⑤醇酎（zhòu）：烈度高的美酒。五代王定保《唐摭言·阴注阳受》："复置醇酎数斗于侧，其人以巨杯引满而饮。"⑥寤歌：寤通晤，相见时歌咏诵诗。

解说

作者陆费瑔，原名恩洪，字玉泉，号春帆，桐乡（安徽桐城北，一说浙江桐乡县）人。嘉庆十三年（1808）副贡，官至湖南巡抚。有《真息斋诗钞》。

这是一首五言古风，记叙诗人夜间访友的所见所闻。首先提到的是向夜行人鸣吠的那条狗。隐约在望的城门已经关闭，近城郭处响起点点更鼓，遥远寺庙的钟声沉寂在空旷的天际，白色的雾气悄然升起。到友人家门衣服已经沾湿，月亮无声西驰。坐下来与朋友款语交谈，举杯慢酌，不知不觉间，晨鸡打鸣了。读之情景如见，有与诗人同行之感。

（何焱林补注）

义犬塔 清·乌尔恭阿

天下犬死弃乃常，此犬有塔官道旁①。惜无片石述其义，后世乃为诸犬光。颛顼盘瓠汝始祖②，黄耳亦汝大父行③。次者猉猉不足数④，纵使续貂羞与附⑤。我闻易水来往人⑥，尽识山间义塔墓。何年何氏畜守阍⑦，天使不语能报恩。如是精灵未可灭，绕山逐散妖狐魂。林中群犬鸣相闻，仿佛有犬来白云。

注 释

①塔：佛教徒葬身处，犬葬于塔，有褒奖之意。②颛顼（zhuān xū）：古帝名，五帝之一。盘瓠：也作槃瓠，传说为帝高辛氏时之犬，建有功勋。《后汉书·南蛮传》："昔高辛氏……有能得犬戎之将吴将军头者，购黄金千镒，邑万家，又妻以少女。"有犬名"盘瓠，遂衔人头造阙下，群臣怪而诊之，乃吴将军首也。"北魏郦道元《水经注·沅水》："盘瓠死，因自相夫妻，织绩木皮，染以草实，好五色衣，裁制皆有尾。""武陵郡夷，即盘瓠之种落也。"③黄耳：晋陆机之犬，曾为其千里外传递家书。大父行：祖父辈。④猉猉（yín）：狗吠声。⑤续貂："狗尾续貂"之省语。⑥易水：水名，在河北。⑦守阍（hūn）：守门。

解 说

作者乌尔恭阿（？～1842），富察氏，爵为郑慎亲王，号石琴主人；满洲镶黄旗人。历任军机章京、知府、按察使，道光十四年（1834）升任浙江巡抚，二十年（1840）英国发动侵略战争，事先未能认真备战，致定海失陷，遂被革职。

这是一首赞颂义犬的七言古风。全诗大体分为三大段：第一段为前面两句，开宗明义地说出：一般的犬死了就丢弃了，但这只犬死了却建有墓塔，而且这塔还是建在官道之旁，足见它被人们所崇敬。第二大段8句，是表述这只犬非同一般，可惜没有在石上刻记其义行，使之成为后世之犬的楷模而显现它的荣光。古代圣帝之犬乃是它的始祖，象黄耳那样的良犬也是它的先辈。至于一般的只能发出吠声的犬不能相比，对于那些即使能以其尾续貂的犬，它也羞于与其为伍。我听说来来往往的人，大家都晓得这里的义犬墓。第三大段从第11句到末句，是说这只义犬的英灵尚在，它还在为那个不知道姓什么的主人看守门户，不声不响地报答主人的恩情。不仅看家，还能绕山而跑，驱散妖狐。林中的许多犬在叫，仿佛是它在驾着白云，还在护佑着这片土地。

大水行　清·厉同勋

六月三日潮接天，江水入河河入田。农夫一片哭声起，可怜辛苦今尽捐。上田下田深数尺，水势直与官河连①。老翁登床急，小妇抱儿泣。鸡犬屋上啼，马牛冢边立。哀哀疾走鸣县官，万灶炊烟忽无色。县官为申文②，上达大府闻③。一日委员十数辈④，江南江北何纷纷。勘灾来，小民喜。官无言，灾已矣。官来岂不恤民艰，直陈恐失大府指。呜呼！勘灾灾不成，县官在旁徒吞声。沿江一千里，民恨不欲生。送官走且诉，听者难为情。闻说今年仍索租，流离之民胡为乎？民何辜，天不可呼，况复东窜西走儿寒女饥之穷途。吁嗟乎！县官不能主，吾民毋怨苦。犹幸父母慈⑤，清俸先分汝⑥。朝给饼，暮给钱，民之颠连或可补。贤乎贤乎吾明府。

注释

①官河：运河，因其为人力所掘。唐刘商《醉后》诗："醒来还爱浮萍草，漂寄官河不属人。"《旧唐书·敬宗纪》："扬州城内，旧漕河水浅，舟船涩滞，输不及期程。今从阊门外古七里港开河，向东屈曲，取禅智寺桥，东通旧官河，计长一十九里。"②申文：向上级官府用文书呈报。《三国演义》第二回："督邮归告定州太守，太守申文省府，差人捕捉。"③大府：泛指上级官府。唐韩愈《新修滕王阁记》："以为当得躬诣大府，受约束于下执事。"明、清时亦称总督、巡抚为"大府"。清朱琦《关将军挽歌》："惜哉大府畏懦坐失策，犬羊自古终难驯。"④委员：受官府委派之人员。⑤父母：父母官之

省,旧时多称州县官为父母官。宋王禹偁《赠浚仪朱学士》诗:"西垣久望神仙侣,北部休夸父母官。"《水浒传》第十四回:"本待便解去县里见官,一者忒早些,二者也要教保正知道,恐日后父母官问时,保正也好答应。"⑥清俸:俸禄;旧时对官吏工薪之美称。金董解元《西厢记诸宫调》卷三:"恁时节,奉还一年清俸。"

解说

作者厉同勋,字冠卿,号茶山,仪征人。为嘉庆、道光间(1796~1850)诗人,曾任康州知府。道光年间曾刊刻《还珠堂诗抄》五种六卷。

这首杂言古风诗描写的是洪灾中的惨景,连鸡犬都在屋顶上啼叫。当官却对民生艰困视而不见,大府派员十数名勘查灾害,一时间江南江北纷纷扰扰,结果是小民喜而查勘之官却无言语,不说好歹,因为直言灾害,有违大府(州官或巡抚)之指示。可见大府是一个瞒灾隐灾的昏官赃官。勘灾不成灾,县官吞声,民不欲生,满目凄凉,而租税照交,看来这位大府也是个残民以逞,向上报喜不报忧的奸官谀官。有此等官,有此等听谄谀不听实情的朝廷,百姓只能生活在水深火热之中了。好在还有县官体恤民情,情愿用自己薪俸买饼给钱,聊解燃眉之急。天灾历代皆有,谋政者当为之警醒。

(何焱林补注)

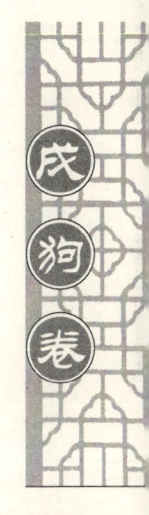

草田畦 清·徐文心

山寒水且落,舟行趣不稀。浦树数行断,野田浴鹭飞。舣舟当斜日①,樝梨带户扉②。田父笑相就,浊醪罄依依③。鸡鸣野烟白,犬吠南邻归。惆怅飘蓬客④,余布未成衣⑤。

注释

①舣(yǐ):停泊。②樝梨:山楂与梨树。带户扉:屏遮门户。③浊醪:浊酒,未滤渣之米酒。罄(qìng):尽。④飘蓬:飘飞之蓬草,喻行踪不定,四处漂泊之人。南朝梁刘孝绰《答何记室》诗:"游子倦飘蓬,瞻途杳未穷。"⑤余布未成衣:未做官者称布衣,作者调侃自己,连布衣也无。

解 说

作者徐文心，字艮庵，乌程（今浙江吴兴）人。诸生。有《甲六集》。

这首五言古风，是描写舟行中所见景色。天色已晚，停舟在村落边。过访农家，田父笑颜相就，设酒款待。一壶浊酒，道尽寒温，酒虽尽而情依依。直到夕鸡打鸣，田间白雾升起，汪汪之声不断的狗也准备回家了。我这等飘如蓬草的过客，还没有一个落脚之所。我等人称布衣，可我的布尚未成衣，连布衣也没有着落哦！有"时不遇兮奈若何"之叹。

（何焱林补注）

鹰犬 清·归懋仪

细身田犬五尺长，四足趫捷不可当①。首昂喙利两眼赤，众犬视之皆辟易②。饲粮常少患肥痴，僵卧廊间甘伏雌③。秋清山高风夜吼，一朝踪迹狐兔走。

①趫（qiáo）捷：行动轻捷。②喙（huì）利：指牙齿锐利。辟易：惊退。③伏雌：雌伏之意，指不事张扬，默然退处。

解 说

作者归懋仪，字佩珊，女，江苏常熟人。袁枚（1716~1797）弟子，上海监生李学璜妻。有《绣余小草》存世。

这首七言古风对猎犬作了细致的描写：它细长身躯，四足敏捷矫健，牙齿锋利，眼睛发红，一般犬只见了都要惊退。喂食不多，恐它患肥痴病。它僵卧廊间，甘愿像个只母鸡雌伏，不事张扬。清秋高风之夜，一旦让它出去，一纵身就足使狐兔惊恐而奔。这首诗极力描述猎狗的勇猛形象，可是没有活干，成天睡觉；它却幻想有朝一日，奔入深山，捕捉那些狐兔。诗的寓意主要是叹息贤士的怀才不遇。

度佛耳岩 清·沈湉

悬岩绝壁树桠杈①,林隙遥窥日已斜。
隔着重峦闻犬吠,酒帘飘处有人家。

注释

①桠杈（yā chà）：树枝歧出。

解说

作者沈湉，字少琴，女，临桂（今属广西）人。光绪年间（约1885）河南按察使唐咸仰妻。有《清馥斋诗草》。

这是一首咏山景的七绝诗。悬崖绝壁，树木参天。从树林的空隙间看到太阳已在落山。在这寂静的山间，唯有一种声音——那就是山那边的狗在叫，远远望去，有酒店之店招在飘动，显现出这个佛耳岩的勃勃生机。这首诗里的狗，不见其形，仅闻其声，勾勒出别是一般风景的图画。

戊狗卷

偕伯夔登涿州城楼 清·顾翰

夕阳半明射城堞①，四月打头飞木叶。出门躐屦无好山②，差喜危楼高百级③。绕城三尺沙没濠④，欲与废垒争低高。其间草木亦萧瑟，大抵苦竹兼黄蒿⑤。城中庐舍同栉比⑥，多少人家炊烟里。长风浩浩吹市声，鸡犬翻疑在天际。城边过客未卸装，尚闻铃驮鸣郎当⑦。鸦群头上若过雨，归鸟更比征人忙。莫言王粲依刘久⑧，难得天涯逢好友。远游万里纵飘零，更上一层须抖擞。年来颇觉心胆粗，云山遮眼愁模糊。明当与子臻绝顶，俯看健鹘盘浮图⑨。

注 释

①城堞（dié）：城上的矮墙。亦泛指城墙。②躐屐（liè jī）：穿起旅行鞋，此指旅游。③危楼：高楼。百级：级此处作梯级解。《玉篇》："级：阶级也。"百级即有一百级楼梯高度之楼，此处百为概数，言其多。④濠：城濠，护城河。亦称濠隍。⑤苦竹：一名伞柄竹，禾本科。秆圆筒形，高可达四米。箨鞘呈细长三角形，箨叶披针形。笋有苦味，不能食用。茎可作造纸原料和制伞柄、笔管等。黄蒿：枯黄的蒿草。汉蔡琰《胡笳十八拍》之十七："塞上黄蒿兮枝枯叶干，沙场白骨兮刀痕箭瘢。"⑥栉比：梳篦齿那样密密地排列。语出《诗·周颂·良耜》："其崇如墉，其比如栉。"⑦铃驮：带有响铃的驮马或骡、骆驼等。郎当：此地为象声词，清厉鹗《除夕宿德州》诗："郎当运铎仍催起，回首东风又一年。"⑧王粲：字仲宣，东汉末山阳高平人。初辟司徒府，除黄门侍郎，不就。至荆州依刘表。荆州平，曹操辟为丞相掾，封关内侯，迁军谋祭酒，进侍中。有《汉末英雄记》等著述。⑨健鹘（hú）：勇猛矫捷之鹫鸟。杜甫《义鹘行》："斯须领健鹘，痛愤寄所宣。"浮图：梵语Buddha之音译，亦译佛陀、浮屠、佛图。此指佛寺高塔。

解 说

作者顾翰，字孟平，江苏华亭人。光绪八年（1882）举人，官户部主事。有《宜雅堂集》。

这首七言古风，是诗人偕友登上城楼时的所见所闻。诗中鸡犬，被形容如在半空，实在是奇思妙想。从夕阳二字看，登城楼当在傍晚，故有人家炊烟里，过客未卸装，鸦过如雨，归鸟更忙，一片雀鸟投林，征人犹在夕阳中跋涉之暮色苍茫景象。由于王粲写过《登楼赋》，故诗中引王粲依刘表之典故。诗中虽言愁，但非一个愁字了得，其结句"明当与子臻绝顶，俯看健鹘盘浮图"，有"会当临绝顶"之豪情。

（何焱林补注）

古代涉狗词曲

青玉案·和贺方回韵，送伯固还吴中 宋·苏轼

三年枕上吴中路，遣黄犬，随君去。若到松江呼啸渡，莫惊鸳鹭，四桥尽是，老子经行处。　辋川图上看春暮，常记高人右丞句①。作个归期天已许。春衫犹是，小蛮针线②，曾湿西湖雨。

注 释

①右丞：指唐代诗人王维（701～761）。王维字摩诘，河东人。开元九年进士。天宝末年为给事中。安禄山陷两都，拘于菩提寺。乱平，授太子中允，迁中庶子、中书舍人。复拜给事中，转尚书右丞。曾得宋之问的辋川别墅，山水绝胜，啸咏终日。辋川位于陕西蓝田，王维曾在寺壁绘辋川图。②小蛮：唐代诗人白居易的家姬，善于歌舞；后人遂以之泛指姬妾。

解 说

作者苏轼（1037～1101），字子瞻，又字和仲，又称大苏，号东坡居士。眉州眉山（今属四川）人。北宋著名文学家、书画家。

词牌青玉案，名取于东汉张衡《四愁诗》"美人赠我锦绣段，何以报之青玉案"之句。又名《横塘路》《西湖路》。双调六十七字，前后阕各五仄韵，

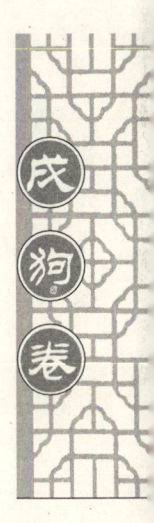

上去通押。题中贺方回,即贺铸(1052~1125),字方回,号庆湖遗老,卫州(今河南卫辉)人。北宋词人。伯固即苏坚,字伯固,号后湖居士,泉州(今属福建)人。哲宗元祐间以临濮县主簿监杭州在城商税;绍圣间任永丰尉,后知铅山。

这首送别词,是苏轼于元祐七年(1092),时年57岁,为送苏坚归吴中而作。苏坚与苏轼友善;在杭州曾助苏轼疏浚西湖,修建长堤。此词别开生面,落墨不在"别"而在"归",表面看来是一首送别友人归里之作,实则是写自己盼望"归去来兮"的情思。词中"黄犬",是用陆机所畜名犬的典故。

江城子·密州出猎 宋·苏轼

老夫聊发少年狂①。左牵黄,右擎苍②。锦帽貂裘③,千骑卷平冈④。为报倾城随太守⑤,亲射虎,看孙郎⑥。 酒酣胸胆尚开张⑦。鬓微霜,又何妨!持节云中,何日遣冯唐⑧?会挽雕弓如满月⑨,西北望,射天狼⑩。

注释

①聊:姑且。狂:豪情。②黄:黄犬。苍:苍鹰。"左牵黄,右擎苍"句形容围猎时用以追捕猎物的架势。③貂裘:貂鼠皮衣。④千骑:形容随从乘骑之多。平冈:平坦的山冈。⑤倾城:全城的人都出来观看。⑥孙郎:指孙权。《三国志·吴志·孙权传》:"权将如吴,亲乘马射虎于凌亭,马为虎伤。权投以双戟,虎却废。"⑦胸胆:即胸怀。⑧冯唐:西汉名宦。《史记·冯唐列传》言汉文帝时,魏尚为云中太守,他爱惜士卒,匈奴远避。后因报功文书上所载杀敌的数字与实际不合,被削职。冯唐代为辩白,持节往赦其罪。⑨会:一定。挽:拉。雕弓:弓背上有雕花的弓。⑩天狼:星名,一称犬星。《晋书·天文志》:"狼一星在东井南,为野将,主侵掠。"

解说

词牌江城子唐时为单调,三十五字,七句五平韵。宋人改为双调,七十字,上下片皆为七句五平韵。密州在今山东诸城。

此词描述作者苏轼在密州任职时的一次出猎活动。上片讲自己打猎时的盛况和豪气,牵着猎犬,简直像青年人一样。下片则转入感慨之语,以冯唐为友辩诬为喻,联系到自己已经微生白发,何时有人为我洗刷,使我放下包袱,好去抗击西北的入侵者。此词开创了南宋抗战词的先河,进一步发展了范仲淹悲壮苍凉边塞词的题材和意境。作者通过对习武打猎的记述,塑造了一个激昂慷慨的志士形象,抒发其杀敌立功、为国效命的豪情壮志。

水调歌头 宋·王质

草蔓已多露,松竹总含风。群山左顾右盼,如虎更如龙。时见渔灯三两,知在谁家浦溆①,星斗烂垂空。万有付一扫,人世等天宫。

秋萧瑟,林脱叶,水归洪。江湖飘泊鸿雁,洲渚肯相容。要使群生安堵,不听三更吠犬,此则是奇功。一任画麟阁②,吾自老墙东。

注释

①浦溆(xù):水边。②画麟阁:指卓越功勋或最高荣誉。汉武帝在未央宫中建有麒麟阁,用于收藏历史文件,后来汉宣帝为了表彰功臣,将历代功臣画像安在麒麟阁内。

解说

作者王质(1135~1189),其先郓州人,后徙兴国军(今湖北阳新县)。绍兴三十年进士,官国子正、枢密院编修,通判荆南府。

词牌水调歌头,又名元会曲、凯歌、台城游等。上下阕九十五字,平韵(宋代也有押仄韵者)。相传隋炀帝开汴河时曾制《水调歌》,唐人演为大曲。大曲有散序、中序、入破三部分,歌头当为中序的第一章。

此词上片说景,下片说情,由漂泊鸿雁且有洲渚相容,而联想到群生何时能过上"不听三更吠犬"的安宁生活,字里行间表达了诗人美好的愿望。犬在词中是一个虚拟、假借的概念。

念奴娇 宋·沈瀛

光阴转毂,况生死事大,无常迅速。学道参禅、要识取,自家本来面目。闹里提撕①,静中打坐,闲看《传灯录》②。话头记取,要须生处教熟。　　一日十二时中,莫教间断,念念来相续。唤作竹篦还则背,不唤竹篦则触。斩却猫儿,问他狗子,更去参尊宿。忽然瞥地,碧潭冷浸寒玉。

注释

①提撕:拉扯;提携。②《传灯录》:指禅宗史书。灯能照暗,祖祖相授,以法传人,故名。

解说

作者沈瀛,字子寿,号竹斋。吴兴归安(今浙江湖州市)人。绍兴三十年(1160)进士。历官江州守(今江西九江)、江东安抚司参议。

词牌念奴娇,念奴是唐天宝年间著名歌妓,调名本此。有仄平二体,一百字。前片四十九字;后片五十一字,各十句四仄韵。宜于抒写豪迈感情。

此词以阐发禅理为主旨,狗在其中起陪衬作用。

鹧鸪天·黄沙道中 宋·辛弃疾

句里春风正剪裁,溪山一片画图开。轻鸥自趁虚船去,荒犬还迎野妇回。　　松菊竹,翠成堆;要擎残雪斗疏梅。乱鸦毕竟无才思,时把琼瑶蹴下来①。

注释

①琼瑶:指雪花。蹴(cù):踢。

解说

作者辛弃疾（1140~1207），南宋词人。字幼安，号稼轩，历城（今山东济南）人。历任湖北、江西、湖南、福建、浙东安抚使等职。任职期间，招集流亡，训练军队，奖励耕战，安定民生。一生坚决主张抗金。其词以豪放为主，笔力雄厚，与北宋苏轼并称"苏辛"。

词牌鹧鸪天，又名《思佳客》《思越人》《剪朝霞》《骊歌一迭》《于中好》。双调，五十五字，押平声韵。前后片各三平韵，前片第三、四句与过片三言两句多作对偶。全词实由七绝两首合并而成；唯后阕换头，改第一句为三字两句。通体平仄，除后阕首、次两句有一定，及前阕首尾，后阕末句之第三字不能移易外，余均与七绝相通。但应仄起，不得用平起。且词的上阕第三、四句和下阕两个三句一般宜对仗。鹧鸪，似为一种笙笛类的乐调。

此词描述南方冬季的郊野景色，以乐观心态表达感情，引人入胜。词中的农家狗，正欢快地迎接女主人的归来。

转调二郎神·五和 宋·刘克庄

人言官冗，老病底、法当先省。况行则蹒跚，立时跛倚，幸免做他两省①。客怕逢迎书懒答，得省处、而今姑省。笑落尽桃花，仆家梦得，重来郎省②。　　凉冷。练衣差薄，蒲葵堪省③。叹三纪单栖，二毛纯白，情味似潘骑省④。骘马遣姬⑤，惟书与画，点检依然难省。也不用、畜犬防偷，老去睡眠常省。

注释

①两省：原注：侍立官号小两省。或指作者刘克庄晚年曾授权工部尚书，兼侍读，因眼疾离职，咸淳四年(1268)特授龙图阁学士。亦或调侃语，即不行则不蹒跚，不立则不跛倚。②仆家：仆为己之谦称，仆家即我家。梦得：指刘禹锡，字梦得，他也姓刘，与作者同姓，算是一家。梦得曾贬为朗州司马，一度奉诏还京后，因作诗"玄都观里桃千树，尽是刘郎去后栽"，触怒新贵，被

贬为连州刺史。词中桃花即指此事。第二次回朝，又咏桃花，诗有"前度刘郎今又来"句。郎省：朝官职务。晚年刘禹锡被赦还，到洛阳任太子宾客，即出仕郎省。③练(shū)：一种像苎麻布的稀疏的织物。练衣为粗薄之衣。蒲葵：指蒲葵扇，民间常用之扇。④三纪：一纪十二年，三纪三十六年。单栖：丧偶独处。二毛：指斑白的头发。骑省：古代散骑常侍简称骑省。此指晋代潘岳(247~300)，字安仁，今河南省中牟县人。初为河阳令、转怀县令，历任太子舍人、长安令、著作郎、给事黄门侍郎。潘岳《秋兴赋序》有"寓直于散骑之省"语。其《秋兴赋》有"余春秋三十有二，始见二毛"语。⑤鬻马遣姬：将马卖掉，将姬侍遣散。下文说唯有书与画舍不得割弃。

解说

作者刘克庄（1187~1269），字潜夫，号后村。福建莆田人。端平二年(1235)任枢密院编修官，兼权侍郎官；后出知漳州、袁州。淳祐三年（1243）授右侍郎；景定三年(1262)权工部尚书，升兼侍读。咸淳四年(1268)特授龙图阁学士。

词牌《二郎神》是唐教坊曲名，经转变宫调为《转调二郎神》。据《词谱》考证：前片起句三字者名《二郎神》，四字者名《转调二郎神》，其他句读两体亦有不同。《转调二郎神》一百零五字，前片十句四仄韵，后片十一句五仄韵。前片第三句、第八句，后片第四句，是上一下四句法。上片第一句第三字，第五句第五字，下片第七句第三字，例用去声。

此词句法十分特殊，每一韵脚都用"省"字。整个词语全为抒感，世间名利，官场逢迎，皆可省，唯书与画舍不得割弃，它是士人主要的生活内容和精神依托。犬的出现纯为虚拟。

醉蓬莱 宋·无名氏

望秋高梨岭，星下莆阳，庆生贤哲。问瑞蓂、留两荚①。小试宏才，暂劳雕邑②，布阳春仁泽。庭有驯禽，村无吠犬，稻黄连陌。

最是邦人，合掌顶戴，萱草年华③，蟠桃春色。却笔仙翁，觅丹砂金诀。德满人间，诏来天上，看寿名俱得。岁岁霞觞，凤凰池畔，贺生辰节。

注释

①瑞蓂（míng）：象征祥瑞的草。叶子凋零而不落下，帝尧奇之，呼为"蓂荚"，又称历草。《帝王世纪》："尧时有草夹阶而生，每月朔生一荚，厌而不落，月半则生十五荚。自十六日起，一荚落，至月晦而尽。月小则余一荚，厌而不落。"两荚（jiá）：片叶子。②雕邑：民生凋敝的地区。③萱草：古来号为忘忧草；《博物志》："萱草，食之令人好欢乐，忘忧思，故曰忘忧草。"又名宜男草。苏轼《萱草》诗："萱草虽微花，孤秀能自拔。亭亭乱叶中，一一芳心插。"

解说

词牌醉蓬莱，又名《雪月交光》《冰玉风月》。双调九十七字，上片十一句四仄韵，下片十二句四仄韵。

此词主要是为人祝寿。上片描写景物，说村中不闻犬吠，处处是一片丰收景象，突出社会祥和的气氛。下片赞诵祝词，颂其身体康健，德满人间，乃上天仙翁下凡。祝寿之词颇多，此则多有新意。

【双调】拨不断·长毛小狗 元·王和卿

丑如驴，小如猪，《山海经》检遍了无寻处。遍体浑身都是毛，我道你有似个成精物，咬人的笤帚①。

注释

①笤（tiáo）帚：日常用以扫地的工具，多数用斑竹枝或高粱秆作成，形状有些像狗。

解说

作者王和卿，大名(今属河北省)人，为人滑稽佻达，名播四方。与关汉卿相友善，曾经讥谑过关汉卿；关虽极意还答，终不能胜。中统初年（约1260），燕市有一蝴蝶，其大异常，和卿即赋《醉中天》小令，由此名声大显。明朱权《太和正音谱》将其列于词林英杰150人之中。

　　这是一首咏长毛小狗的散曲。说的是它长得既丑又小。像条小驴，又像条小猪。《山海经》里查不出它出身于何处。浑身都是毛，看它就是一个成精的怪物，真像是一个会咬人的笤帚。全曲活脱脱得将一条丑小可爱的小长毛狗，展现在读者面前。

古代涉狗赋

大狗赋 三国·魏·贾岱宗

余生处大魏之祚政①，遭王路之未辟②；进不得补过之功③，退不得御国之册④。帝曰畴咨⑤，迸在朔易⑥，越彼西旅⑦，大犬是获⑧。

注释

①祚政：指曹魏（220~265）之皇统。②王路：通向朝廷之路。《后汉书·袁绍传》："宜先遣使献捷天子，务农逸人。若不得通，乃表曹操隔我王路，然后进屯黎阳。"未辟：不通。③进：仕进，做官。补过：指补过拾遗，即为朝廷补阙拾遗之臣。④退：功成身退。御国之册：进入国之典册、史籍。⑤帝曰畴咨：此用《尚书》中语。《书·尧典》："帝曰：'畴咨，若时登庸？'"孔传："畴，谁；庸，用也。谁能咸熙庶绩，顺是事者，将登用之。"帝指帝尧。后以"畴咨"为咨询、访求之意。《汉书·武帝纪赞》："孝武初立，遂畴咨海内，举其俊茂，与之立功"。⑥迸在：辨别观察。迸通屏，借作平。《大学》："迸诸四夷。"朱熹注："屏、迸古字通用。"平在：蔡沈《书经集传》："在，察也。"朔易：即改朔，岁末年初，时序、政事除旧布新，有所改易。本句有改朝换代意。⑦西旅：西方古国名。《书·旅獒》"西旅献獒"

孔传："西戎远国贡大犬。"孔颖达疏："西方之戎，国名旅者。"⑧大犬：獒犬，蔡沈《书经集传》："犬高四尺曰獒。"

其头颅也，不可论以尽；其骨法也，不可辨而释①。傞俄蹴跄②，雄资猛相，兀然高八九尺，形体如箭镝③，象貌如刻画，毛逾紫艳光，双肩如白璧④。时频伸而振迅⑤，若应龙之腾掷⑥。爪类刀戈，牙如交戟⑦。

注释

①骨法：骨骼结构。辨而释：判断解释。②傞（suō）俄：醉舞不止貌。《诗·小雅·宾之初筵》："侧弁之俄，屡舞傞傞。"蹴跄（cù qiàng）：跳跃腾拿貌。此处指活蹦乱跳，一刻不停。③兀然：高兀貌。镝（dí）：箭头。④肩：一作眉。⑤频伸：打呵欠，伸懒腰。《礼记·少仪》"君子欠伸"郑玄注："以此皆解倦之状。伸，频伸也。"陆德明释文："频，本又作嚬。"振迅：抖动；激励；奋起。《诗·豳风·七月》"六月莎鸡振羽"毛传："莎鸡羽成而振讯之。"⑥应龙：有翼龙。南朝梁任昉《述异记》卷上："龙，五百年为角龙，千年为应龙。"腾掷：跳跃、飞起。⑦交戟：犬牙交错，锋利如戟。

闻林兽之群争，欻断锁而龁石①，逆风长厉②，野禽是觅。鼻嗅微香，眼裁轻迹③。盻眄而奋怒④，挥霍而振阅⑤。譬天梁折，地柱劈。倒曳白象挫其腰，啮制六驳折其脊⑥，拓索熊罴破其匈⑦，抨抄兽头断其脉⑧。爪处如剑劙，牙创似铍刺⑨。视其未死之间，血泉涌如箭射。于是驱麋鹿之大群，入穷谷之峻厄⑩。走者先死，往者被击；前无孑遗，后无一只。然其所折伏⑪，敬主识人。昼则无窥窬之客⑫，夜则无奸淫之宾。通听百里，夜吠猖猖⑬。

注释

①欻（xū）：忽然。断锁：挣断锁链。龁（hé）：咬嚼，啃。②逆风：迎风。厉：飞跑。③裁：判断。轻迹：细微之痕迹。④盻（xì）眄：张目怒视。⑤挥霍：迅捷。《文选·陆机〈文赋〉》："体有万殊，物无一量，纷纭挥霍，

形难为状。"李善注:"挥霍,疾貌。"阋(xì):恨、怒。《尔雅·释言》阋恨,注:"相怨恨。"⑥啮(niè):咬。六驳:猛兽,省称"驳"。《尔雅·释畜》:"驳,如马,倨牙,食虎豹。"晋左思《吴都赋》:"蓦六驳,追飞生。"《北齐书·循吏传·张华原》:"先是州境数有猛兽为暴,自华原临州,忽有六驳食之,咸以化感所致。"⑦拓索:扒开树林丛莽搜索。匈:即胸。⑧拚(pīn)抄:碎裂兽头而掠取之。⑨爪处:即爪着处。劙(lí):划开、割开。铍(pī):双刃刀或长枪。⑩峻厄:穷谷险隘。⑪折(zhé)服:敬服、佩服。⑫窥窬(kuī yú):觊觎、企图。《文选·王俭〈褚渊碑文〉》:"桂阳失图,窥窬神器。"吕向注:"窥窬,谓欲有篡逆之心也。"⑬吠:狗叫。《诗·召南·野有死麕》:"无使尨也吠。"狺狺(yín):犬吠声。

若乃蛮夷猾夏①,列士异操②,轻榇单集③,人马衔枚④,猛犬先觉,音声正撺⑤;竦耳侧听则恒山动⑥,南向唯唯则霍山颓⑦;眈精直视则曾邱䃥⑧,虓嚇奔突则重闉开⑨。非吾畋猎之有益,乃可安国家卫四邻者也。昔宋人有鹊子之誉⑩,韩国珍其大卢⑪,弥明振之于巨獒⑫。槃瓠受之于蛮都⑬,沦百代之名狗⑭,敢余犬之能俱,绝驺骥之獡狶⑮,云何卢令之足书⑯。

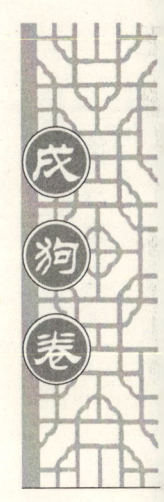

注释

①猾夏:扰乱中国。《尚书·尧典》:"帝曰:'皋陶,蛮夷猾夏。'"注:"猾,乱也。夏,华夏。"②列士:贤能之人,知名之士。《管子·君臣下》:"布法出宪,而贤人列士尽归功能于上矣。"《荀子·大略》:"子贡、季路,故鄙人也,被文学,服礼义,为天下列士。"异操:不寻常之作为、操守。③轻榇(chèn)单集:榇之本义为内棺,所谓亲身棺。但此地借为栈,意为轻车。栈:《说文》:"竹木之车曰栈。"柩车亦谓之栈,《仪礼·既夕》:"既夕宾奠币于栈。"柩即棺,与榇同义。故以榇代栈车。按:此处绝不能释榇为棺,古人以马革裹尸为军人之荣耀。且一棺之重,至少在百斤以上,军队行军打仗,运甲仗粮秣之不及,哪还有余力来运送许多棺材?如遇翻山越岭,莫非用几人抬棺材行军?不仅古人作战不随军运棺材,即使近代战争,交通工具远较古时发达,也绝不见有随军运大量棺材者。轻车单集,表示行军或运辎重轻车单独

行走,以免造成巨大声响,为敌发现。④衔枚:枚,形如筷子,两端有带,可系于颈上。衔枚于口,避免出声,常为奇袭之军队所使用。《周礼·夏官·大司马》:"群司马振铎,车徒皆作,遂鼓行,徒衔枚而进。"⑤摧:至,到。《诗·大雅·荡之什·云汉》:"先祖于摧。"《毛传》:"至也。"音声正摧:音声正好到达。⑥竦(sǒng)耳:竖起耳朵。三国魏杨修《答临淄侯笺》:"观者骇视而拭目,听者倾首而竦耳。"恒山:即五岳中之北岳,横亘于山西、河北间,主峰在河北,高2000余米。⑦嘒(zuī):口动貌。张嘴而吠之状。霍山:一在今山西霍县东南;一为今安徽六安之霍山。⑧眈精:集中精力,专注。曾邱:即层丘,高丘。磈(wěi):众石聚积貌。⑨虓嚇(xiāo hè):虓为虎啸,嚇为怒斥,此指狗怒吠。奔突:奔跑、冲撞。重闉(yīn):数重宫门或城门。唐杨炯《浑天赋》:"列长垣之百堵,启闾阖之重闉。"⑩鹊子:即宋鹊:春秋时宋国名犬。《礼记·少仪》"乃问犬名"汉郑玄注:"畜养者当呼之名,谓若韩卢、宋鹊之属。"⑪大卢:即韩卢,战国时韩国名犬,色黑。⑫弥明:即提弥明。《左传·宣二年》:"秋,九月,晋侯饮赵盾酒,伏甲,将攻之。其右提弥明知之,趋登。曰:'臣侍君宴,过三爵,非礼也。'遂扶以下。公嗾夫獒焉,明搏而杀之。"振:震惊。⑬槃瓠(pán hù):《后汉书·南蛮传》、干宝《搜神记》等书记载,相传高辛氏时,有老妇得耳疾,挑之,得物大如茧。妇人盛瓠中,覆之以槃,顷化为犬,其文五色,因名槃瓠。后高辛氏遭犬戎侵扰,屡战不胜,因募能得犬戎吴将军头者,赏千金,封邑万家,妻以少女。槃瓠遂衔吴将军头归,高辛乃以少女配之,生六男六女,自相婚配,子孙繁衍。⑭沦:降低。沦于下位。⑮驷驖:驾一车之四匹赤黑色马。《诗·秦风·驷驖》:"驷驖孔阜,六辔在手。"猲獢(xiē xiāo):短嘴狗,猛犬之属。《尔雅·释兽》:"短喙猲獢。"周处《风土记》:"犬则青骹(qiāo)白雀,飞龙虎子,猲獢五鱼,狼牙锯齿。"绝:超过。⑯卢令:黑色犬。《诗·齐风·卢令》:"卢令令,其人美且仁。"

解 说

　　赋分四段。第一段作者自称处于魏朝建立之初,为王效命之路未通,进不得拾遗补缺,为国立功,退不得扬名显姓,入国典册。此时远人或有进献大犬之举,因而作赋一篇以贺开国之庆,以表尽力于国之意。第二段则描写大狗的威猛,从头到脚,都显得不同凡响,特别是爪牙十分锐利,如同刀剑一般。第三段转而描述大狗对其他动物的震慑力，它的鼻和眼十分管用，飞禽在它看来不过是小菜一碟，连那些大象、野马、熊罴，也能随便撕裂，开膛破肚，麋鹿吓得逃进深谷，不见踪迹；但它见了主人，却完全变了样，十分听话，皈依伏法，忠诚于看家守户，夜晚叫唤起来可以声闻百里。第四段归结到制作的感想，当时局势动荡，正需要雄才大略的人治国，像大狗这样的性格，十分符合客观上的要求；那些只会拉车的马匹，只能作为宠物的小犬，并非栋梁之才，简直不值一提。全篇寓意，还是落脚在人才难得的含义上面。

（何焱林注）

走狗赋　晋·傅玄

盖轻迅者莫如鹰，猛捷者莫如虎①。惟良犬之禀性，兼二俊之劲武②。应天人之景晖，顺仪象而近处③。凭水木之和气，炼金精以自辅④。统黔喙于秋方，君太素之内寓⑤。谅韩卢其不抗，岂晋獒之能御⑥。

①轻迅：轻灵迅速。猛捷：迅猛敏捷。②二俊：即所指之鹰与虎。劲武：刚劲勇武。③景晖：阳光。仪象：两仪之象，两仪即天地。近处：人之左右。即犬顺应天地之仪象而处人之左右。④水木：五行中的两个元素。按五行说，水木相生。和气：阴阳相合之气。《老子》："万物负阴而抱阳，冲气以为和。"金精：西方之气。金生丽水。⑤黔喙：黑嘴，一般指畜兽之嘴。秋方：西方。君：此处作动词，有君临、管理之意。太素：原始物质。《列子·天瑞》："太素者，质之始也。"内寓：内在。⑥韩卢：战国时韩国名犬，一名韩子卢。《博物志》："韩有黑犬，名卢。"《战国策·齐策三》："韩子卢者，天下之壮犬也。"不抗：不能与之匹敌。晋獒（áo）：一种高大、凶猛、垂耳、短毛家犬。《广雅》："殷虞、晋獒、楚茹黄、韩卢、宋鹊，并犬属。"御：抗御，对敌。

既乃济卢泉，涉流沙①。逾三光，跨大河②。希代来贡，作珍皇家③。骨相多奇，仪表可嘉。足悬钩爪，口含素牙④。首类骧螭，尾

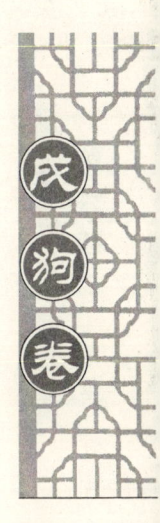

如腾蛇⑤。修颈阔胲,广前捐后⑥。丰颅促耳,长叉缓口⑦。舒节急筋,豹耳龙形⑧。蹄如结铃,五鱼体成⑨。势似凌青云,目若泉中星⑩。转视流光,朱曜赤精⑪。震茹黄而慴宋鹊兮,越妙古而扬名⑫。

注释

①卢泉:水名。《水经注》:"卢奴城内西北隅有水,渊而不流,南北百步,东西百余步,水色正黑,俗名曰黑水池。或云水黑曰卢,不流曰奴,故此城借水以取名矣。"卢泉或即指此。流沙:或指古西域某地。《山海经·海内西经》:"流沙出钟山。西行又南行昆仑之虚,西南入海黑水之山。"《尚书·禹贡》:"导弱水至于合黎,余波入于流沙。"《礼记·王制》:"自西河至于流沙,千里而遥。"亦泛指西域。金李纯甫《杂诗》之四:"空译流沙语,难参少室禅。"元子温《题画》诗:"曾向流沙取梵书,草龙珠帐满征途。"②三光:日光、月光、星光谓之三光。大河:指黄河。③希代:少有,稀世。作珍皇家:作为珍贵之贡品,奉献皇帝之家。④钩爪:指狗脚趾端所生的尖形钩曲之爪。素牙:白色牙齿。⑤骧螭(xiāng chī):昂首之螭龙。腾蛇:传说中能飞之蛇。《韩非子·难势》:"慎子曰:'飞龙乘云,腾蛇游雾。'"⑥修颈阔胲:颈部修长,肩部宽阔。广前捐后:前部宽阔坚实,尾部稍小轻逸。⑦丰颅:头颅大而丰满。促耳:耳朵相对细长。长叉:此指牙,犬牙交错,故以长叉名之。缓口:大嘴。⑧舒节急筋:关节灵活,韧带紧而有力。⑨结铃:如铃般细而坚圆。五鱼:古猛狗名。周处《风土记》:"犬则青骹白雀,飞龙虎子,猲骄五鱼,狼牙锯齿。"⑩泉中星:形容光芒流动。⑪流光:流星一样迅速的光。朱曜赤精:眼中红光闪烁,精借作睛。茹黄:古名犬。《吕氏春秋·直谏》:"荆(楚)文王得茹黄之狗,宛路之矰(zēng),以畋于云梦。"⑫慴(shè):害怕,使恐惧。宋鹊:春秋宋国良犬名。妙古:妙通眇,即远古。陆云《逸民赋》:"钦妙古之达言兮,信怀庄而悦贾。"

于是寻漏迹,躜遗踪①。形疾腾波,势如骇龙②。逸朝乌之轻机兮,绝奔兽之逸轨③。漂星流而景属兮,逾窈冥而腾起④。陵冈越壑,横山超谷⑤。原无遁兔,林无隐鹿⑥。顾芷隰以嬉游兮,步兰皋而骋足⑦。然后娱志苑囿，逍遥中路⑧。属精采以待踪，逐东郭之狡兔⑨。裔洋洋以衍衍，逞妙观于永路⑩。既迅捷其无前，又闲暇而有度。

注释

①漏迹：动物经过不经意间留下之痕迹，气味。蹑(niè)遗踪：跟踪追赶。②形疾腾波：其形比翻腾的波浪还要迅疾。骇龙：被惊骇之蛟龙。亦指受惊之鱼。《淮南子·兵略训》："发如秋风，疾如骇龙。"高诱注："龙，鱼也。飞之疾者也。"③邈：通藐，小看、轻视。轻机：轻灵机智。绝：阻绝。逸轨：逃逸之道路。④漂：漂移，流动。星流：即流星。景属：景借作影，影相连属。逾：超越。窈冥：绝远之地。腾起：腾跃而起。⑤陵：升上，登临。壑(hè)：巨坑、深沟。横：横越。⑥原：平野。遁兔：遁逃之兔。林：丛林。隐鹿：隐藏之鹿。⑦芷隰(xí)：生满芷草之湿地。兰皋(gāo)：长满兰草的水边高地。骋(chěng)足：放开脚步奔跑。⑧娱志：娱悦心志。苑囿：皇家园林。中路：皇宫中之道路。⑨属(zhǔ)：通瞩，关注，留神。属精：专注精神。东郭狡兔：东城郭外之狡兔。《战国策·齐策三》："韩子卢者，天下之疾犬也。东郭逡(qūn)者，海内之狡兔也。"⑩裔：裔裔之省，行走貌。司马相如《子虚赋》："缥乎淫淫，般乎裔裔。"洋洋：此处作舒缓解。《孟子·万章上》："少则洋洋焉，攸然而逝。"衍衍：舒徐貌。妙观：精美精细的观瞻。永路：长路。阮籍《咏怀》之十五："出门临永路，不见行车马。"

乐极情遗，逸足未殚①。抑武烈而就罗兮，顺指麾而言旋②。归功美于执绁兮，其槃瓠之不虞③。感恩养而怀德兮，愿致用于后田④。聆辎车之鸾镳兮，逸獢獢而盘桓⑤。

注释

①情遗：乐极之情，犹有遗绪。逸足：逸伦之足，特异之才。未殚(dān)：未尽。②武烈：武功。《国语·周语下》："成王能明文昭，能定武烈者也。"就罗：听从管束。旋：回归。③功美：功业美德。执绁(xiè)：执绳索；驾驭；此指皇帝。槃瓠：相传帝高辛氏时，有犬名槃瓠，其文五色。后高辛氏遭犬戎侵扰，屡战不胜，因募能得犬戎吴将军头者，赏千金，封邑万家，

妻以少女。槃瓠遂衔吴将军头归，高辛乃以少女配之。详见《大狗赋》注。不虞：不图谋。④恩养：皇家之俸养。后田：田通畋，即以后之畋猎。⑤辅（yóu）车：古时一种轻便车辆，一般作行猎时之附车。《诗·秦风·驷驖》："骐车鸾镳，载猃（xiǎn）歇骄。"郑玄笺："轻车，驱逆之车也。"歇骄：借作猲獢。鸾镳：系于镳（马嚼子）上之鸾铃。郑玄笺："置鸾于镳，异于乘车也。"逸：纵逸。猲獢（xiē xiāo）：短嘴狗。盘桓：徘徊、逗留。

解 说

作者傅玄（217~278），字休奕，北地郡泥阳（今陕西耀县东南）人，为西晋早期著名诗人、辞赋家。其一生作赋56篇，今存42篇。多为咏物之作，通过咏物以表现其对人对事之看法。提倡语言华赡，结构紧致，假喻达旨。开西晋一代赋风，对两晋及南北朝辞赋创作有重大影响。

赋写"走狗"，走之本义为跑，故有疾义，走狗即猎犬。《战国策·齐策四》："世无东郭俊卢氏之狗，王之走狗已具矣。"故此篇实"猎犬赋"。从"统黔喙于秋方"看，狗为西国所养；从"济卢泉，涉流沙。逾三光，跨大河。希代来贡"看，狗为西国所贡。"作珍皇家"者，作西晋开国之瑞也。故此文实为贺西晋开国而作。

本文第一段写走狗有鹰之迅捷，虎之威猛，应天人景晖而生，顺水木和气而长。于内于外，大有作为。

第二段首写狗为西方之国所贡献，古人多有西方出良犬之说，语本《古文尚书·旅獒》："西旅献獒。"旅为古西域国名。次写走狗之体貌。从头到脚，相当细致。

第三段写走狗追兔逐鹿之疾，功成嬉游之乐。

第四段描写虽然走狗乐极情遗，逸足未殚，却不能不听主人使唤，不能不就罗言旋，接受管束，归功于主人，赞美于皇家。不要居功骄傲，要这要那，而且还要感恩怀德，致用后田，不仅说走狗，更在说功臣，只有如此，才能免除狡兔死，走狗烹之悲惨下场。

末二句写狗听辅车之鸾镳，跟前赶后，盘桓道途，大有功成投闲，英雄末路之感慨。

本文篇幅不长，对于猎犬之来历、体态、能耐、功成后之悠闲，对主人之驯顺，都作了生动描写。布局严谨，遣词华赡，有一定思想性，的是赋中佳作。

傅玄为魏晋间人，主要活动于魏及西晋初，此文显受《古文尚书·旅獒》篇影响。前篇魏人贾岱宗之《大狗赋》亦受《旅獒》篇影响，并直接写出，"越彼西旅，大犬是获"。与《古文尚书》魏晋间唯藏于秘府之说法大相径庭。

本文及上文，皆以西国贡犬，作珍皇家，为开国之瑞，远人归诚之征。不过一为魏受汉禅，建立新朝；一为晋受魏禅，建立新朝，何其相似乃尔。用一句《三国演义》回目："再受禅依样画葫芦。"

（何焱林注）

伤毙犬赋　唐·佚名

何仲尼之仁智，虽敝盖之不弃①，悯畜狗之将死②，恐肝脑以涂地③。岂不以其守御之功多④，恻隐之情至⑤。

注　释

①仲尼：孔子名丘字仲尼。敝盖：破旧废弃之车盖。《礼记·檀弓下》："吾闻之也：敝帷不弃，为埋马也；敝盖不弃，为埋狗也。"②畜狗：喂养之狗。③肝脑以涂地：死亡惨烈。一作肝胆涂地。《史记·刘敬叔孙通列传》："（陛下）大战七十，小战四十，使天下之民肝脑涂地，父子暴骨中野，不可胜数。"④守御：守卫家园，抵御入侵者。《国语·齐语》："君有攻伐之器，小国诸侯有守御之备，则难以速得志矣。"⑤恻隐：怜悯、同情。《孟子·公孙丑上》："今人乍见孺子将入于井，皆有怵惕恻隐之心。"

况岁年驯养，倏忽非命①！生而效能，死不因病②。分以身首，委其陷阱③。我诚拙于人谋，彼何伤于物性④。虽无卫生之智，且有天然之识⑤，出其门吠非其主，知其爱摇尾求食⑥。传尺书而致远，逐狡兔而尽力⑦。信聪慧之两兼，亦忠勇而何极。

注释

①岁年：时光。唐刘知几《史通·自叙》："旅游京洛，颇积岁年。"倏忽：突然、顷刻。《战国策·楚策四》："（黄雀）昼游乎茂树，夕调乎酸咸，倏忽之间，坠于公子之手。"非命：非正常死亡。《孟子·尽心上》："桎梏死者，非正命也。"②不因病：或遭横死。③分以身首：遭致杀戮之委曲说法。委：投身，弃置。陷阱：本义为挖坑以捕兽擒敌。《礼记·中庸》："人皆曰予知，驱而纳诸罟擭陷阱之中，而莫之知辟也。"孔颖达疏："陷阱，谓坑也。穿地为坎，竖锋刃于中以陷兽也。"此作构陷人之圈套、罗网解。④人谋：人事之谋略、规划。《三国志·蜀志·诸葛亮传》："曹操比于袁绍，则名微而众寡，然操遂能克绍，以弱为强者，非惟天时，抑亦人谋也。"物性：事物之本性。⑤卫生之智：卫护其生命之智慧。天然之识：天然之识别能力。⑥吠非其主：在门外向其吠叫的，绝非其主人。《战国策·齐策六》："跖之狗吠尧，非贵跖而贱尧也，狗固吠非其主也。"知其爱：知道主人爱护，故向主人摇尾求取食物。⑦尺书：指书信。《述异记》曰："陆机家在吴，谓犬曰：'我家绝无书信。'以竹筒系之犬颈。犬疾走向吴。其家作答，内竹筒中，仍驰还洛。"此之谓传书致远。逐狡兔：猎犬职责。见《战国策·齐策三》："韩子卢者，天下之疾犬也。东郭逡（jùn）者，海内之狡兔也。"

原夫万物莫不以智遇祸①，以材丧身。象以其齿，龟以其神②；蝉得美荫而忘己③，鱼贪芳饵而挂纶④。由此言之，庄周达者，老氏至人⑤，吾将师之，养素全真⑥。

注释

①原：表示推理。②象以其齿：大象因有象牙而丢掉性命。龟以其神：古人认为龟有灵异，用龟壳来占卜，龟于是被杀。③美荫：浓荫，优美之树荫。④芳饵：芳香之钓饵。挂纶：挂在钓鱼线上。⑤达者：通达事物至理者。至人：智慧与道德极高之人。道家谓知识万有，游于物外者。《庄子·外物》："唯至人乃能游于世而不僻，顺人而不失己。"⑥养素全真：修养其质素，保全其本性。《文选·嵇康〈幽愤诗〉》："志在守朴，养素全真。"张铣注："养素

全真,谓养其质以全真性。"

解 说

此赋为托物言志之作。不书作者姓名,也许不是佚失,而有不得不隐其名姓之苦衷。推测此文或作于武后大肆诛杀异己之时。"分以身首,委其陷阱。"已经说明其遭人构陷,处于死地。

第一段以孔子之仁智,车帏车盖不弃,为埋狗马,以见仁智者爱物之心,更谢其守卫之功,也是一种对于人有利之物的感恩心理。

第二段则述狗之忠诚勤奋,其狗吠非其主,是一种识;摇尾求食,是一种爱;传书致远,是一种慧;逐兔尽力,是一种忠。如此尽忠尽责,有慧有识,爱主爱家之"犬",竟遭横死,分明在为枉死者鸣冤,谴责当局者滥杀。

末段既是作者激愤之词,也是当时社会的恶劣现象,因才遭诛,因能被屠,岂是一两人的遭遇?最后,作者只能从老庄那里寻求避世逃祸,养素全真,苟全性命于乱世。

此赋以"蔽帏不弃,留以埋马"起兴,而赞孔子之仁心,以对照当政者滥杀功臣之酷,有春秋笔意。

(何焱林注)

中国生肖诗歌大典

第六辑(卷十二)

亥猪卷

袁建章　范佑鸾　主编

十二生肖猪压轴

猪在生肖行列中殿后

十二生肖,是一种古老的历象文化、术数文化,后来转化为民俗文化,遍及中华大地,猪在生肖队列中居于末座。

生肖与干支学说中的地支,密不可分。地支的末尾是"亥",与之对应的生肖就是猪。猪在古代称为"豕",上古的文字写法,常用象形方式,"亥"字和"豕"十分近似,经常相混。《吕氏春秋·察传》讲过一个故事,说明其事:孔子的门人子夏来到卫国,阅读他们抄录的史册,其中有一段文字写着"晋师三豕涉河"。聪明的子夏发现其中肯定有问题:晋国军队怎么会同三头猪一起涉渡过河?这样岂不影响行军速度?所以他判断"三豕"这两个字是抄错了,原文应该是"己亥"。后来在晋国核对原始记录,发现上面果然写着:晋师在"己亥"那一天涉渡过河。后来根据这一典故,还产生了"鲁鱼亥豕"的成语,说明天下事往往会传闻失实。由此可见,古文里"亥"和"豕"形状相近,原先恐怕就是一个字;所以,"亥"与"豕"的对应,本是天经地义,没有什么可商量的了。

1975年,在湖北云梦县睡虎地11号秦墓中,出土了一批竹简,其中题为《日书》的甲种秦简,有一章标题为《盗者》,其内容是根据生肖干支来占卜盗者的相貌特征。据考证，此墓下葬于秦始皇三十年(前217)，所以生肖在阴阳家掌握之中，至少可以追溯到秦以前的春秋时期。学者们认为，这是迄今为止，在我国发现的十二生肖最早而又较系统的记载。

睡虎地秦简《盗者》言及亥日被盗，其判词为："亥，豕也。"那一天的偷盗者特征是大鼻，马脊，其面不全，腰部有毛病，藏在厕所中的垣墙下。这段话把盗匪的相貌描绘得入木三分，似乎从猪演化而出，今天看来，不过是齐东野语而已：怎么可能在猪日偷盗的人全部是猪相？可是秦简明确指出"亥，豕也"，表明了猪象与亥支的紧密联系。

相隔11年，1986年时甘肃天水市小陇山放马滩，也发现了秦代的墓葬，也出土了一批竹简，其中有两种《日书》，同样有利用生肖干支推测盗匪相貌的材料，在亥日的部分说"亥，豕矣"；偷盗者个子不高，长面，赤目，长发，这显然就是猪相，描绘得和睡虎地竹简异曲同工。

事情很巧，再过12年，1998年时随州市孔家坡砖瓦厂取土挖出汉墓，其中8号墓又出土一批竹简、木牍，同样发现《日书》，题名为《盗日》的简上，关于亥日也有一段话："亥，豕也。"偷盗者大鼻而细腿，面上有黑子。不用说，仍然是从猪转化而来。

以上三种竹简的内容，都是首先记日支，次记禽名；其次再说盗者体貌特征，有无残疾，赃物藏于何处，性别为何，能否捕获。当时的捕快显然对此有浓厚兴趣，按图索骥时必然也冤枉了不少好人；今天看来只能深表遗憾。不过猪的定位于亥，作为十二生肖中的殿军，倒是确定无疑的了。

东汉王充《论衡·物势》载"亥，豕也"云云，十二生肖动物谈到了十一种，唯独缺了辰龙。该书《言毒篇》说："辰为龙，巳为蛇。辰、巳之位在东南。"如此，十二生肖便齐了，且与现今流行的十二生肖配属完全相同，成为古文献中关于生肖较早而最完备的记录。

亥猪卷

猪能挤进生肖之林的由来

中国人与猪的关系非同一般，人们的肉食大部分来自于猪。猪一身是宝，作为一个农业国，猪更与众多农民有着不解之缘。推举十二种动物进入生肖队伍,自然会采用与自己生活最密切的动物来作代表,猪进入生肖之林,当然是一件顺理成章的事。

猪登上生肖册,民间还有一些通俗的传说。

古时有个员外,家财万贯,良田万顷,只是膝下无子。谁知年近花甲之时,却得到一子;合家欢喜,亲朋共贺;员外更是大张宴席,庆祝后继有人。宴庆之时,有位相士来到孩子面前,见这孩子宽额大脸,耳廓有轮,天庭饱满,又白又胖,便断言这孩子必是大富大贵之人。

这胖小子糖里生、蜜里长,从小只知衣来伸手,饭来张口,不习文武,不修农事,只是花天酒地,游手好闲,认为命相已定,富贵无比,不必辛苦操劳。哪知长大成人之后,父母去世,家道衰落,典卖田产,家仆四散。但这胖小子仍然继续过着挥金如土的生活,直到最后饿死在房中。

他死后阴魂不散,到阴曹地府的阎王那里去告状,说自己天生富贵相,不该如此惨淡而亡。阎王也觉得非常奇怪,找不到答案,便将这阴魂带到天上玉帝面前,请玉帝查一查是何道理。于是玉帝召来人间灶神,问及这位一脸富贵相的人,怎么会饿死房中,灶神便将这胖小子不思上进,坐吃山空,挥霍无度的行为一一禀告。

玉帝一听大怒,令胖小子跪下听旨,随后言道:"你命相虽好,却懒惰成性,今罚你为猪,去吃粗糠!"

这段时间,恰逢天宫在挑选生肖动物,接近尾声。天宫差官认为此事一举两得,当即把这胖小子的阴魂带下人间,既变成一头猪去吃粗糠,又充当生肖的末班值日官。

民间传说总是五花八门,另有一说与此相反,说猪是靠自己的努力才登上生肖末榜。

话说天宫排列生肖的那天,玉帝规定各种动物必须在某个时辰到达天宫,取最先到达的12种动物作为生肖。猪自知体笨,行走缓慢,便笨鸟先飞,不到半夜就起床赶路。由于路途遥远,障碍也多,猪拼死拼活才爬上南天门,虽然还留下一个空额,但南天门开放的时辰已过,将猪拒之门外。气喘吁吁的猪苦苦央求,其他五种家畜也为之求情,最后终于感动了天神,破例打开宫门,把猪放进南天门,补上了最后一名生肖空额。这样,马、牛、羊、鸡、狗、猪"六畜",都成为人间的生肖动物。

还有一种说法，认为古人根据动物出没时间和活动特征，将那些动物进行分配，使每一种动物轮值一个时辰。亥时正值半夜11时到第二天凌晨1点，这时候猪睡得最酣，发出的鼾声最洪亮，全身肌肉抖动得最厉害、长肉最快，于是将亥时分配给猪。

民间传说属于俗文化，只能是下里巴人。在传统雅文化的阳春白雪中，谈得更有道理。

亥是十二地支的最后一字。《说文》解释道："亥，荄也。"就是根的意思。在农历里，对应于十月："十月微阳起，接盛阴。"其字形"从二"，《春秋左传注》说："亥有二首六身。"古文字的写法与"豕"相同。这说明，在古文字中，"豕"和"亥"本来是一个字，不存在专门排位问题。如果说，生肖与地支如水乳之交融，那么猪的定位，就非亥不可，没有什么道理可讲。

猪这个属相的特点

把生肖联系到一个个的人，那就是所谓"属相"。中国人的传统习惯，每个人都拥有一个动物的属相，这就成为生肖文化的最大用途。所谓属相，完全按照出生年份的农历地支来确定，比如亥年出生的人，他的属相必然是猪，没有什么价钱可讲。

挨到这一属相的人，有人引以为荣，有人却引以为耻。前者认为，猪对人的贡献很大，全身奉献，灵魂高尚；后者却认为，猪集中了许许多多骂名，又懒、又脏、又馋、又笨。不过研究老庄思想的人，倒是非常认可猪的这些缺点，因为这种性格几近于"道"。猪不用悬挂郑板桥写的"难得糊涂"在书房壁上，它们一直在糊涂中生存生活。

星相家根据属相动物的习性，发挥出丰富的想象力，把人和动物的性格，密切联系到一起。他们的基本观点是"人畜合一论"，比如将亥年出生的人称为"肖猪"；肖者，十分相似也；其原理是，既然人得到了某个动物的属相，那么他就得到了这种动物的性格基因。

翻开大量星相书，便可以查到属猪的人性格如何，以至于命运如何。请看下文——

属猪者的优点方面：

猪年生的人真诚正直，凡事认真实行，人缘极佳。

性情率直，心地善良，内心刚毅，慷慨大方，直截了当，正义感强烈，光明磊落，不拘小节，天真烂漫。

思想单纯，不会与人斤斤计较。

肖猪的人绝对不是欺诈和出卖朋友的人，坦诚真挚很能容忍别人讥笑。

与人没有多大的竞争，除非在万不得已的情况下才会说谎，举止正当，态度和善。

肖猪者智力丰富，求知欲强。

朋友友谊长久。不交则已，一旦成为挚友便会对朋友照顾得无微不至。

肖猪人乐天主义，不需要过分操劳便可维持生计。

女性非常注重家庭，有计划地安排家务。

属猪者的缺点方面：

好睡眠，对人没有猜疑而常受骗上当。

好批评，不善交际。

性躁，脾气粗暴，而容易冲动，缺乏沟通协调精神。

女性好猜疑嫉妒，气短浅见。

固执俗气，贪玩乐，无进取心。

属猪人最大恶劣个性，就是会存心捣蛋、恶作剧，决不会中途而废，一定会弄到别人一败涂地方肯罢休。

这些完全按照猪的性格构成的推理，我们不妨当作《笑林》来阅读。

猪在生物学上的方方面面

猪在动物学上属于哺乳纲、猪科。家猪是由野猪驯化而成的。

据出土文物的同位素测定，中国养猪至少已有5600~6080年的历史。达尔文在《物种起源》中写道："中国人在猪的饲养和管理上颇费苦心……这些猪明显呈现出高度培育族种所具备的性状……它们在改进我们的欧洲猪的品种中，具有高度价值。"得到他老人家的夸奖，深感荣幸！

猪是大家非常熟悉的家畜，民间称其为六畜之首。在生肖属相中排在最后，让猪作十二生肖的压阵之物，倒也名副其实。新石器时期的人类遗址，都不乏猪的遗骸，因为当时人们常常以牲畜的多寡，来标度地位和富裕程度。由此，葬猪或以猪做祭祀品，就显得十分重要。家祭时，陈豕于室，合家而祭，因此"家"字的结构，是个宝盖下面安排一个"豕"字。也有人将此解释为农耕社会居室之下，每每会养一头猪。

猪躯体肥满，四肢短小，鼻面短凹或平直，耳下垂或竖立，被毛较短，有黑、白、酱红或黑白花等色。它们汗腺不发达，热时喜浸水散热。性温驯，体强健，适应力强；饲料利用范围广，利用率高。

猪的优点是生长快，成熟早，繁殖力强。出生后5~12个月可以开始配种，妊娠期平均114天，每胎产仔6~15头。猪的自然寿命大约有20年。

猪的品种也不少。古罗马一些商人来华交易，从广州带走了一些猪种，与当地猪杂交，形成罗马猪，这对于西方著名猪种的育成，起到了重要作用。康熙三十八年（1699）英国商人来华，从广州带走中国猪与英国本土猪杂交，在18世纪中期育成了巴克夏、大约克夏、美国波中猪和切斯特白等名猪，它们都含有中国猪的血统。夸张来说，中国猪的朋友也能遍天下。据统计，全球共有家猪品种300个，中国约占三分之一。

中国地方著名猪种有48个，最著者包括：

民猪——分布于东北及河北，抗寒性强；

八眉猪——原产于陕甘宁，耐贫瘠；

马身猪——又名黄淮海黑猪，繁殖性能优良；

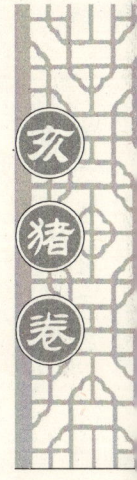

淮猪——广布于淮河流域，瘦肉率高；

黑岔里猪——产于山东胶县里岔乡，体长，腰椎数多，瘦型；

陆川猪——产于广西陆川县，又名六短猪、两广小花耳猪；

槐猪——产于闽西南山区，早熟易肥；

蓝塘猪——产于广东紫会县蓝塘乡，因闭塞近亲指数高，遗传性能稳定；

香猪——产于贵桂交界处，小型；

五指山猪——产于海南五指山区，因头尖臀窄、小型，又名"老鼠猪"；

滇南小耳猪——产于西双版纳，封闭繁育，基因纯合度高，小型；

大花白猪——产于广东，性成熟最早，产崽数多，适应湿热环境；

通城猪——产于湖北通城县，与沙子岭猪、监利猪、赣西两头乌、广西东山猪通称"华中两头乌"；

清平猪——产于湖北当阳县，妊娠期比多数猪种短，约111天；

金华猪——见于浙江金华、义乌、东阳，产崽多，每产约14崽；

太湖猪——产于长江下游流域，包括二花脸猪、嘉兴黑猪、米猪、枫泾猪、横泾猪及沙头乌猪，产崽数居全球之首，约16头，最高记录42头；

内江猪——产于四川内江，适应性强，配合力高，耐受各种环境；

荣昌猪——产于重庆市荣昌县，体大色白，眼有黑斑，是我国少有的白色种，鬃毛光洁，刚韧，质地优良；

乌金猪——产于滇贵川交界处的乌蒙山区，金沙江畔，包括云南大河红毛猪、贵州威宁猪、四川凉山猪；

藏猪——产于云南迪庆、四川阿坝甘孜，甘肃合作，西藏山南、林芝、昌都的类群，是世界上少有的高原猪，终年在条件严酷的山区放牧。

林林总总的不同品种家猪，基本都源于野猪。不过，野猪家化的起源是多中心，而非单中心。所以有人认为，欧洲野猪是欧洲家猪的祖先，亚洲野猪是亚洲家猪的祖先。从化石研究和解剖学结构分析得知，家猪与野猪既有亲缘关系，又有形态差异；既有地理原因，也是驯化变异的结果。

从食用角度出发，可以把家猪分为脂肪型、腌肉型、肉用型。人们养猪，除供肉食外，以往也是农业肥料的重要来源。

据杨公社主编的《猪生产学》记述，猪肉在全世界人们的各种肉类消费中，所占比例最高，约为40%；在中国更高，约占67%。中国是世界上肉类消费最多的国家，毕竟人口众多。

中国养猪数量一直稳居世界首位，仅1998年就接近5亿头。据世界粮农组织（FAO）统计：2001年猪肉产量亚洲居55.38%以上，其中有80%在中国；欧洲占27.46%；北美及中美占12.72%；南美占3.2%；非洲占0.64%；大洋洲占0.52%。

在文化领域中游走的猪

在传统文化园林里，猪有各种各样的称呼。西汉成都人扬雄编纂的《方言》里说：猪在"关东谓之彘，或谓之豕；南楚谓之狶。其子谓之豚，或谓之貕。吴扬之间谓之猪子"。

汉字中的"豭"字为公猪之意，"豝"为母猪之意。如果罗列起来，足以成群成阵：

彘（zhì）：猪；豕（shǐ）：家猪；豩（huān）：野猪；豲（yuán）：另一种野猪；狶（xī）：大野猪；豵（zōng）：小猪；豚（tún）：幼猪；豣（jiān）：三岁大猪；豭（jiā）：公猪；豝（bā）：母猪；豦（lóu）：求偶之母猪；豮（fén）：被阉割之猪；豥（hài）：四蹄皆白之猪。

在民间文化领域里，猪还有不少别名，比如"刚鬣""亥氏""豕韦""糟糠氏""黑面郎""乌将军""长喙将军""天蓬元帅""乌羊"等等。

猪进入文学领域，最有名的莫过于《西游记》。《西游记》是古代著名的长篇神话小说，叙述唐僧在徒弟孙悟空、猪八戒、沙僧的帮助下，往西天取经的故事。作者吴承恩，字汝忠，号射阳山人，明代山阳（今江苏淮安）人；出身于小商人家庭，诗文清雅流丽，尤善谐谑，所著杂记几种，名震一时。但他科举不得志，四十多岁才补为岁贡生，六十多岁出任长兴县丞，不久就耻于折腰，拂袖而归。

猪八戒是《西游记》中的重要人物之一。他原名猪刚鬣，本是天宫里的天蓬元帅，因罪被谪，误投猪胎而生，后随唐僧往西天取经。他身粗力大，很能干活，但贪图女色，好吃懒做，喜进谗言，爱占小便宜，有点小聪明，好耍小手段。这些带有猪性格的特点，错综结合在他身上，成为一个喜剧性的人物形

象。

1961年10月,据《西游记》第二十七回改编的绍剧《孙悟空三打白骨精》,由浙江绍剧团在北京演出。郭沫若观戏后,写过一首七律,尾联说"教育及时堪赞赏,猪犹智慧胜愚曹",算是对猪八戒的一番肯定。

诗词歌赋里的猪

江苏作家王美春对古典文学中的猪形象,做过一些研究。他曾经指出:古代诗歌中,最早涉及到猪的诗,《诗经》有4首,《楚辞》有2首。《诗经》里,"有豕白蹢,烝涉波矣"(《小雅·渐渐之石》),应当是野猪。而"执豕于牢,酌之用匏"(《大雅·公刘》)里的猪,被人从猪牢里捉出来,可见这猪已经是家猪了。

古诗咏猪,常常与羊搭配,反映出彼时彼地的风土人情。如北朝民歌《木兰诗》"小弟闻姊来,磨刀霍霍向猪羊";宋秦观《雷阳书事》"一笛一腰鼓,鸣声甚悲凉。借问此何为,居人朝送殇。出郭披莽苍,磨刀向猪羊";苏轼《送刘道原归觐南康》"定将文牍置膝上,喜动邻里烹猪羊";如此等等。当然猪肉也与其他肉食搭配,如陆游《游山西村》"莫嫌农家腊酒浑,丰年留客足鸡豚";范成大《祭灶词》"猪头烂熟双鱼鲜,豆沙甘松粉饼团"。这些都把猪当作食品。至于写活猪的诗句,有唐王绩《田家三首》"小池聊养鸡,闲田且牧猪"与《薛记室收过庄见寻率题古意以赠》"尝学公孙弘,策杖牧群猪"。

宋代蜀诗僧的《蒸猪肉诗》写猪肉的可爱,可能是最有趣的诗篇:"红鲜雅称金盘荐,软熟真堪玉箸挑。"诗的前两句,交代用来蒸的猪,长时间食用的是山中的药苗,故膘不肥而肉瘦。可见蒸猪肉时,对猪的品种是相当考究的。中间两句,写蒸猪之法:以蕉叶裹着猪肉,蒸熟后再用杏浆来浇,与众不同。最后两句写相比之下,羊肉远不及猪肉味美。宋苏轼在黄州时也曾戏作《猪肉颂》,从此"东坡肘子"成了苏轼的专利,而"东坡肉"之名也流传至今。

古诗咏猪,有时实为咏人。代表作当数唐代无名氏的七言绝句《选人歌》:"今年选数恰相当,都由座主无文章。案后一腔冻猪肉,所以名为姜侍郎。"据《朝野佥载》记载,唐朝姜晦官拜吏部侍郎,却"眼不识字,手不解书",把他执掌的铨选之任弄得一塌糊涂，甚至连高低优劣都不分。

古代专门写猪的诗并不多，有些属于借题发挥。如戴良《豕图行》，写战后的北方边境，一头猪被追逐后逃脱，在草原难以觅食，从一个侧面反映了边疆士兵和百姓们的困苦。王廷绍《二母彘》，主要反映家庭养猪的辛劳。陈嵩庆《承宫牧豕》，赞颂了牧猪郎承宫牧猪听经，勤学苦读，终于成材的精神。

与猪有关的赋更为罕见。司马光的《交趾献奇兽赋》言交趾献奇兽，猪首牛身，群臣借此对皇帝大唱赞歌，建议编之简册，播之声歌，以张扬圣朝亘古未有之伟绩。皇帝圣明，听了很不高兴，说治天下要正心为本，修身为基，不能未治忘乱，未安忘危。不若以迎兽之劳为迎士之用，养兽之费为养贤之资。废耳目一日之玩，为子孙万世之规。可见，此赋乃托物讽谏之作，其主旨是表达作者的政治主张，曲折地劝讽最高统治者。

本书收罗了古代有关猪的诗词歌赋，可称洋洋大观，为生肖文化开了一个极为亮丽的生面。

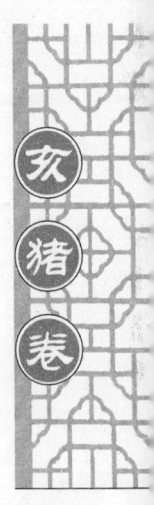

古代涉猪诗

周易·睽卦上九爻辞

睽孤。见豕负涂①；载鬼一车②。先张之弧，后说之弧③。匪寇，婚媾④。往，遇雨。

注释

①睽孤：见到奇怪的事。豕：猪的古名。负涂：背上有泥；形容猪身上很脏。②鬼：上古族名，殷墟甲骨卜辞有"鬼方"；车上满载着鬼族客人。一说上古有抢亲的婚俗，车上是请来帮忙抢亲的朋友，化妆成鬼的模样，以震慑女家。李道平《周易集解纂疏》又一说："鬼车于礼为魂车，《既夕》'荐车'；郑注云：'今之魂车，载而往，迎而归，如慕如疑。'乘违之家有是象也。"李氏认为"载鬼一车"指丧礼中迎鬼魂的车子。这对于整个爻辞的解释，相当扞格，这一爻与婚姻中迎亲礼有关，下文提到"匪寇，婚媾"可证。故应以古代的抢夺婚仪式中的车驾解释为宜。③张：拉开。弧：木制的硬弓。说：与"脱"通。此句意为先是拉开弓箭，然后又拿了下来，是一种奇特的婚礼仪式。④匪：即"非"，不是。寇：抢劫。婚媾：结婚礼仪。

解说

《周易》包括64卦，每卦有6爻；卦有卦辞，爻有爻辞。这里所录是《周易·睽》（☲）卦最上一爻是阳爻"—"，阳数之极为九，故称上九的爻辞通篇都是韵文，可说是比《诗经》还要古老的诗篇。所描写的是上古迎亲队伍的出行情况，十分有趣。猪是最早被人发现在路上的动物，它正在泥泞的道路上打滚，连背上都是泥。可见当时的猪并未圈养，而是散放，自行吃草。

国风·召南·驺虞

彼茁者葭①，壹发五豝②，于嗟乎驺虞③！

彼茁者蓬④，壹发五豵⑤，于嗟乎驺虞！

注释

①茁（zhuó）：草生之状。葭（jiā）：初生的芦苇。②壹发：壹同"一"，射满十二箭为一发。五：不一定指5个，可表多数。豝（bā）：小母猪。③于嗟乎：感叹词。驺虞（zōu yú）：古代管理牧猎的官职；或指猎人。一说为古代神兽之名。④蓬：蒿草。⑤豵（zōng）：一岁的小猪。

解说

《诗经》是中国诗歌文学的起点，收集了很多篇早期的民歌，其中"国风"是周代民歌，为《诗经》中的精华，反映了普通民众的真实生活，表达了他们的处境和信念。"召南"大部分来自江汉之间一些地区，少量远及原来召公奭分治的邦国，在今河南洛阳一带。

这一篇诗两章，以四字句为基础，描述猎人对野生猪射猎的情况。射杀的对象基本上是些母猪和小猪，诗人对此深表怨恨和遗憾。传统说法对这首诗的主旨解说，偏于迂腐。如《毛诗序》认为是歌颂文王的教化："人伦既正，朝廷既治，天下纯被文王之化，则庶类蕃殖，蒐田以时，仁如驺虞，则王道成也。"朱熹《诗集传》宣扬"诗教"说："南国诸侯承文王之化，修身齐家以治其国，而其仁民之余恩，又有以及于庶类。故其春田之际，草木之茂，禽兽之多，至于如此。而诗人述其事以美之，且叹之曰：此其仁人自然，不由勉强，是即真所谓驺虞矣。"旧说还有乐贤者众多、怨生不逢时、赞驺虞称职等说。今人高亨《诗经今注》、袁梅《诗经译注》认为是小奴隶为奴隶主放猪，经常受到猎官的监视欺凌，有感而作，这种说法似乎对"壹发"的解释有偏。多数学者都认为此诗是赞美猎人的诗歌，不过仔细咏味起来，诗的情绪应该是怨多于赞。

国风·豳风·七月（摘录）

二之日其同①，载缵武功②。言私其豵③，献豜于公④。

注释

①二之日：周历之二月，周历建子，夏历建寅，故周历之二月即夏历之十二月。同：会集。②载：语助词。缵（zuǎn）：继续。武功：指打猎本领。③言：语助词，无意义。私：留给自己。豵（zōng）：小野猪。④豜（jiān）：大野猪。公：指王公贵族。

解说

豳（bīn）同"邠"，在今陕西旬邑县彬县一带的古国名。《豳风》是这一地区的古代民歌，而《七月》则是其中的著名诗篇，表现周代劳动者的集体生产和生活苦况。所节录部分，表现劳动者在周历二月（即今农历十二月）中，集体猎取的大野猪献交王公贵族，小野猪则留给他们自己。简短的17个字，勾画出一幅上古的风俗画。

从这几句诗中可以看出，猪在我国古代人民生活中，已起到重要的作用。

小雅·南有嘉鱼之什·吉日

吉日维戊，既伯既祷①。田车既好，四牡孔阜②。升彼大阜，从其群丑③。

吉日庚午，既差我马④。兽之所同，麀鹿麌麌⑤。漆沮之从，天子之所⑥。

瞻彼中原，其祁孔有⑦。儦儦俟俟，或群或友⑧。悉率左右，以燕天子⑨。

既张我弓，既挟我矢。发彼小豝，殪此大兕⑩。以御宾客，且以酌醴⑪?

注 释

①戊：古人以十天干十二地支依序配合记日，此戊日当是戊辰日。伯：马祖。《周礼·夏官·校人》："春祭马祖，执驹。"郑玄注："马祖，天驷也。《孝经说》曰：'房为龙马。'"天驷即房宿。祷：祈祷。②田车：田猎之车。既好：准备好。四牡：四匹拉车公马。孔：甚、大。阜：肥壮。③升：登上，驰上。大阜：高丘、大坡。从：跟从，追逐。群丑：指所追逐之兽群。郑玄笺："丑，众也。田而升大阜，从禽兽之群众也。"④庚午：戊辰后第二日。 戊辰、庚午皆为单日。《礼记·曲礼上》："外事以刚日，内事以柔日。"孔颖达疏："外事，郊外之事也。刚，奇日也，十日有五奇五偶。甲、丙、戊、庚、壬五奇为刚也。"差：选择，差遣。⑤同：聚集、会合。麀(yōu)：母鹿。麌麌(yǔ)：很多。毛传："麌麌，众多也。"⑥漆沮：西周二水名，在今陕西境内。从：追逐禽兽。天子之所：言漆、沮二水间，为天子田猎之所在。⑦中原：中野，广原之中。祁：大。⑧儦儦(biāo)：跑动貌。俟俟(sì)：行走貌。毛传："趋则儦儦，行则俟俟。"群：三五成群。友：两两同行。⑨悉率左右：尽率左右随从。燕：安全、闲适。⑩豝(bā)：母猪。殪(yì)：射死。兕(sì)：大野牛，或说为犀牛。⑪御：进献食物。醴(lǐ)：甜酒。

解 说

《小雅》是《诗经》所有诗篇中的一类。雅，指朝廷正乐，西周王畿的乐调。《小雅》共74篇，多为西周晚期的作品，作者既有上层贵族，也有下层贵族和地位低微者。

全诗四章,艺术地再现了周宣王田猎时择吉祭祀马祖、野外田猎和宴饮群臣的整个过程。诗中描写在吉日的射猎活动,比较细致。刻画贵族们坐着马车,登丘下原,四面包围,追逐野兽的情况,生动形象。最末一章特别描写用弓箭射中野猪和野牛,获得猎物,然后高兴地请客饮宴。由诗可见,当时射猎的猪,全是野猪,而且数量很大。

(何焱林补注)

小雅·鱼藻之什·渐渐之石

渐渐之石,维其高矣①。山川悠远,维其劳矣②。武人东征,不遑朝矣③。

渐渐之石,维其卒矣④。山川悠远,曷其没矣⑤?武人东征,不遑出矣⑥。

有豕白蹢⑦,烝涉波矣⑧。月离于毕,俾滂沱矣⑨。武人东征,不皇他矣⑩。

注 释

①渐渐:高峻貌。②山川悠远:距离遥远,道路艰险。劳:借为辽,指邦域辽阔。③东征:向东征伐楚、舒等邦国。不遑:无暇。朝:耕土。④卒:借作崒,高峻。⑤曷:何。没:尽头。⑥出:走出战争泥潭。⑦蹢(dí):兽蹄。⑧烝(zhēng):众多。涉:趟水过河。⑨月离于毕:月亮运行到毕宿的区域。《毛传》:"月离阴星则雨。"《集传》:"毕,星名。豕涉波,月离毕,将雨之验也。"滂沱:下大雨。⑩皇:与"遑"通。不皇即顾不上。他(tuó):其他之意。

解 说

此诗共有三章,主旨是表现出征将士感叹道途艰险,跋涉劳顿之苦情。历史背景是西周幽王时君昏国乱,群小用事,诸侯背叛,戎狄并叛,楚国等国亦渐离心,幽王不思修德勤政,改弦易辙,而是诉诸武力,举兵东征。

第一章叙说东征之路,山高路远,敌国地域辽阔,武人东征,起早贪黑,疲于奔命。

第二章叙说大军深入,阻高山,隔大河,在无边无垠敌境中,处处有敌对的人民,无穷之陷阱,何时才是了结,走出战争泥淖?

第三章描写将士看见一群白蹄的野猪涉波过河,而月亮又进入了毕宫,这些都是下大雨的征兆。可是大家正奉命东征,根本顾不得淋湿衣衫等其他之事了。

天问（摘录） 战国·楚·屈原

帝降夷羿①,革孽夏民②。胡射夫河伯③,而妻彼洛嫔④?
冯珧利决⑤,封豨是射⑥。何献蒸肉之膏,而后帝不若⑦?
舜服厥弟⑧,终然为害。何肆犬豕⑨,而厥身不危败?

注释

①帝:天帝。夷羿:有穷后羿。②革孽:变更夏道,为万民忧患。《史记·夏本纪》:"帝太康失国。"《集解》引孔安国曰:"(太康)盘于游田,不恤民事,为羿所逐,不得反国。"③河伯:河水之神。传其姓冯名夷。④妻(qì):此作动词,指以女子为配偶。洛嫔:即宓妃,传为炎帝之女,溺于洛水而为神。⑤冯:通"凭",紧贴。珧(yáo):蚌壳;此处指用蚌壳装饰的弓。决:射箭时用于钩弦的扳指。利决就是顺利地使用扳指射箭。⑥封:大。豨(xī):野猪。《左传·襄公四年》疏引贾注:"羿之先祖,世为射官,故帝喾赐羿弓矢,使司射。"⑦蒸:祭。膏:肥美之肉。若:顺从。《左传·襄公四年》:"羿犹不悛,将归自田,家众杀而烹之,以食其子。其子不忍食诸,死于穷门。""蒸肉之膏"即言其事。⑧服:爱护。厥:其。弟:舜的弟弟名为象,品格不端。⑨肆:放纵,唆使。

解　说

作者屈原（约前 340~约前 278），名平；芈姓屈氏。自云名正则，字灵均，战国时楚国丹阳（今湖北秭归）人。忠事楚怀王，但屡遭排挤。怀王死后，顷襄王听信谗言将其流放，最终投汨罗江而死。

《天问》是屈原代表作之一，全诗 373 句、1560 字，多为四言，偶有八言，起伏跌宕，错落有致。全文自始至终以问句构成，一口气对天、对地、对自然、对社会、对历史、对人生提出 173 个问题，被誉为是"千古万古至奇之作"。

这里节录与豕有关的两段，第一段是讲暴君夷羿，尽管箭术高明，射死大野猪用来献祭于上帝，上帝却不领情。诗人用疑问的句式，对暴君进行了辛辣的嘲讽。第二段讲舜的弟弟，利用犬豕来害他，却没有成功。

大招（摘录） 战国·楚·景差

魂乎无西①！西方流沙，漭洋洋只②。豕首纵目，被发鬤只③；长爪踞牙，诶笑狂只④。魂乎无西，多害伤只。

注　释

①无西：别去西方。②漭：流势浩大。只：韵文尾语词，相当于"啊"。③纵目：竖直的眼睛。被发：披着头发。鬤（xiāng）：头发乱糟糟。汉代王逸原注："豕，猪也；首，头也。""言西方有神，其状猪头，纵目。"④诶(xī)：强笑。

解　说

作者景差（约公元前 290~223 年间在世），芈姓、景氏。是楚国贵族，官至大夫；和宋玉同时。

《大招》是一首招生魂的唱辞，为四言诗。在召魄魂归来时，极言在外困苦，家中安乐，是当时楚人于欲望追求的一种象征。全文承袭了楚国民歌、音乐、巫事活动，以及巫术仪式中具有的文辞。

本诗节录涉及豕的部分,是根据传说,极力描写西方的可怕事物,其中有竖起眼睛的大野猪,正在怒发冲冠地露出獠牙,伸出利爪,准备捉人;所以那里完全去不得!

豪彘赞 晋·郭璞

刚鬣之族,号曰豪彘①。毛如攒锥,中有激矢②。厥体兼资,自为牝牡③。

注释

①鬣(liè):兽毛。豪彘(zhì):即豪猪。②攒(cuán):聚集。激矢:尖锐的箭。③厥(jué):其。牝(pìn):雌性。牡(mǔ):雄性。

解说

作者郭璞(276~324),字景纯,河东闻喜县人(今属山西),东晋文学家和训诂学家。晋元帝时任著作佐郎,迁尚书郎,后任王敦记室参军,因力阻驻守荆州的王敦谋逆而被杀。

"赞"是一种严谨的抒情文体,情调比较激扬,风格比较精炼,多用四字句。题中豪猪,又称箭猪,是一种身上带有尖刺的啮齿目动物,有褐色、灰色、白色几种。多栖息于低山森林茂密处,穴居。豪猪白天在穴中睡觉,晚间出来找食,喜食玉米、薯类、花生、瓜果、蔬菜等。受惊时,尾部的刺立即竖起,刷刷作响。它身体强壮,看上去却有些笨头笨脑。心理学上有个"豪猪理论",很有意思:一群豪猪冬天挤在一起,它们如果离得太近,身上的刺会互扎;离得太远,又不够暖和;经过一番磨合,终于找到了合适的距离。这暗示着人际关系中的分寸感,很有启发性。

本诗开头四句,主要写豪猪的特点:有刚劲尖锐的毛,相互也能刺激。结尾二句,写其身体"兼资"雌雄两性;其实豪猪也有雌有雄,只是古人观察不详而已。全诗语言精炼,为标准赞体。

封豕赞 晋·郭璞

有物贪婪，号曰封豕①，荐食无餍，肆其残毁②。羿乃饮羽，献帝效技③。

注释

①贪婪（lán）：形容猪的贪吃。封：肥大。②荐：屡次。无餍（yàn）：不知饱足。肆：放纵。③羿（yì）：尧时的射师，曾捉住为害的封豕。一说为夏代有穷国君主，善于射箭。亦称"后羿""夷羿"。《淮南子·本经训》："尧之时，十日并出，焦禾稼，杀草木，而民无所食。猰貐、凿齿、九婴、大风、封豨、修蛇、皆为民害。尧乃使羿诛凿齿于畴华之野，杀九婴于凶水之上，缴大风于青丘之泽，上射十日而下杀猰貐，断修蛇于洞庭，禽封豨于桑林。万民皆喜，置尧以为天子。"《山海经·海内经》："帝俊赐羿彤弓素矰，以扶下国；羿始去恤下地之百艰。"《天问》亦云："帝降夷羿，革孽夏民，胡射夫河伯，而妻彼雒嫔？冯珧利决，封豕是射，何献蒸肉之膏，而后帝不若？"饮羽：形容箭扎入很深。箭端有羽毛，故以"羽"作箭的代词。效技：发挥技能。

无题 唐·释·寒山

猪吃死人肉，人吃死猪肠。猪不嫌人臭，人反道猪香。猪死抛水内，人死掘土藏。彼此莫相啖，莲花生沸汤①。

注释

①啖（dàn）：吃。沸汤：滚开水。佛教学说有"放下屠刀，立地成佛"之语，只要一念向善，好比开水里也可以生出莲花。

解说

作者寒山（约584~704），长安人，出身于官宦人家，三十岁后于浙东天台山出家。他是贞观时（627~649）的诗僧，长期住在天台山寒岩，写的诗就写刻在山石竹木之上，共有六百首，现存三百余首。其语言浅明如话，有鲜明的乐府民歌风格，内容除以形象演说佛理之外，多描述人情世态，山川景物，别有境界。《四库全书总目提要》言"其诗有工语，有率语，有庄语，有谐语"，以通俗生动的语言，表述禅理。

这首五言诗，主旨在于贯彻佛教戒杀之意。

诗　唐·释·拾得

得此分段身①，可笑好形质。面貌似银盘，心中黑如漆。烹猪又宰羊，夸道甜如蜜。死后受波吒②，更莫称冤屈。

注释

①分段身：佛教语，指人身，即轮回六道的凡身俗体。因各随其业而寿命有分限，形体有段别，因此称为分段身。亦可省作"分段"；宋秦观《陪李公择观金地佛牙》诗："薄伽梵相含空虚，化人分段同璠玙。"②波吒（zhā）：苦难；磨折。亦作波咤。《敦煌变文集·大目乾连冥间救母变文》："何时出离波咤苦，岂敢承望重为人。"

解说

作者释拾得，为唐贞观年间（627~649）天台山诗僧，与寒山为伴侣。他生下来就被父母遗弃，住在天台山国清寺的丰干禅师，在路上发现了这个弃儿，于是捡回来收养，并称他为"拾得"，从此即以此号为名。拾得的诗，风格与寒山完全相同，以宣扬佛理为主。

这首五言诗，以戒杀为主旨。作者鉴于世人喜好食肉而杀戮猪羊，感到非常残酷，故劝诫民众不要杀生。诗中描述世人徒有外形，心灵不美，喜欢吃肉，屡开杀戒，不知将来会受报应，那时感到冤屈，就为时已晚了。

（冯广宏补充）

田家 唐·王绩

阮籍生涯懒，嵇康意气疏①。相逢一醉饱，独坐数行书。
小池聊养鹤，闲田且牧猪。草生元亮径，花暗子云居②。
倚床看妇织，登垄课儿锄③。回头寻仙事，并是一空虚。

注释

①阮籍(210~263)：三国魏人，字嗣宗，陈留尉氏(今属河南)人。曾任步兵校尉，世称阮步兵。崇老庄之学，与嵇康、刘伶等七人为友，世称"竹林七贤"。嵇康(224~263)，字叔夜，谯国铚县(今安徽宿州境内)人。在正始末年与阮籍等名士共倡玄学新风。②元亮：晋代诗人陶渊明(约365~427)的字，他号五柳先生，世谥靖节。子云：汉代经学大师扬雄(前53~公元18)的字，他是成都人。③垄(lǒng)：田埂。课：教育。

解说

作者王绩(约590~644)，字无功，绛州龙门(今山西河津)人。隋末举孝廉，除秘书正字，复授扬州六合丞。时天下大乱，弃官还乡。唐武德年间，以前朝官待诏门下省。贞观初年，以疾罢归，躬耕东皋，自号"东皋子"。作者《田家》诗共有三首，此处选取其中提到猪的一首；这首诗作者一作王勃，非是。

这首五言排律诗除尾联外，各联皆作对仗，着意描绘作者田园生活之悠适；诗中并举出一些前代高士以自况。其中讲到在空地里牧猪，可见隋末唐初的农家，还没有普遍推广圈养的方式。

薛记室收过庄见寻率题古意以赠（摘录） 唐·王绩

尝爱陶渊明，酌醴焚枯鱼①。尝学公孙弘，策杖牧群猪②。追念甫如昨，奄忽成空虚③。人生讵能几④，岁岁常不舒。赖有北山僧，教我以真如⑤。使我视听遣，自觉尘累祛。何事须筌蹄⑥，今已得兔鱼。旧游傥多暇，同此释纷挐⑦。

注释

①陶渊明：田园诗人（约365~427），字元亮，号五柳先生，世称靖节先生，入刘宋后改名潜。浔阳柴桑（今江西九江）人。东晋时曾做过几年县令，后辞官回家，从此隐居。醴（lǐ）：意为甜酒；泛指酒。焚枯鱼：烤鱼干。②公孙弘：汉武帝时丞相，封平津侯。他少时家寒，曾为富人在海边牧猪，维持生活。策杖：拿着赶猪的棍子。③甫：刚刚。奄（yǎn）忽：疾速；时间很快。④讵（jù）：岂；怎。⑤真如：佛教术语。指不变的最高真理，或事物本体。《成唯识论》卷九："真谓真实，显非虚妄；如谓如常，表无变异。谓此真实于一切位常如其性，故曰真如。"⑥祛（qū）：除去。筌（quán）蹄：比喻达到某种目的的手段或工具。筌为捕鱼竹器；蹄为捕兔罗网。⑦傥（tǎng）：倘若。纷挐（ná）：混乱错杂貌。

解说

这首五言古诗，是作者酬答友人之作，主要抒发个人感慨。原诗较长，此处摘录涉及猪的一段。题中"薛记室收"，即薛收，武德四年（621）为天策上将，后授为天策府记室参军；薛收衣锦还乡时曾造访过王绩，故称"过庄见寻"。

诗中列举了陶渊明、公孙弘这些名人，表明处境困难的学者，只要有志气，仍然是有希望的，公孙弘原先就放过猪，后来坐上了三公的大位。诗的后半，则表达了看破红尘的意思。

（冯广宏补充）

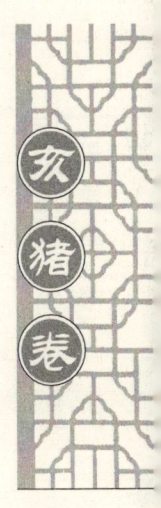

嘲武懿宗　唐·张元一

长弓短度箭，蜀马临阶骗①。去贼七百里，隈墙独自战②。忽然逢着贼，骑猪向南趣③。

注释

①临阶：挨着台阶；便于上马。骗：骑上马背。唐杜佑《通典》："武举，制土木马于里间间，教人习骗。"《集韵》："䮼，跃而乘马也，或书作骗。"②隈（wēi）墙：靠着墙角。③趣：快走。

解 说

作者张元一，武则天时任左司郎中，以善开玩笑而著名，特别喜欢给达官贵人起外号，类似今人称瘦子为"孙猴子"、胖子为"猪八戒"一样，而他自己颈子短、肚皮大，也被人称作"逆流蛤蟆"。由于他有着丑角形象，所以被他嘲笑过的人并不生气。《朝野佥载》记有其事。

这是嘲笑武懿宗（641~706）的五言诗。武是武则天的侄子，并州文水人。武懿宗身材短小，腰背弯曲，又善于诬陷别人，为时人所不齿。但天授元年(690) 武则天称帝、改唐为周时，却被封为河内郡王，后又任左金吾大将军。神功元年 (697) 为神兵道行军大总管，领兵 20 万讨伐契丹。他率军刚至赵州，听说契丹数千骑兵将至冀州，就心惊胆战地仓促退兵，军需物资损失惨重。诗中讽刺的就是这件事。

末句"骑猪"一语，武则天看了觉得很奇怪，问他是什么意思，难道武懿宗是个骑猪将军吗？张元一回答，这是一个谜语："骑猪"的文言文就是"夹豕走"，影射武懿宗退兵时连屎都吓出来了。武则天哈哈大笑，并没有怪罪他；连武懿宗本人也没有介意。

（冯广宏补充）

烧歌　唐·温庭筠

起来望南山，山火烧山田。微红夕如灭，短焰复相连。差差向岩石，冉冉凌青壁①。低随回风尽，远照檐茅赤。邻翁能楚言，倚锸欲潸然②。自言楚越俗，烧畲为早田③。豆苗虫促促，篱上花当屋。废栈豕归栏，广场鸡啄粟。新年春雨晴，处处赛神声。持钱就人卜，敲瓦隔林鸣。卜得山上卦，归来桑枣下。吹火向白茅，腰镰映赪蔗④。

风驱槲叶烟,槲树连平山⑤。迸星拂霞外,飞烬落阶前。仰面呻复嚏,鸦娘咒丰岁⑥。谁知苍翠容,尽作官家税。

注释

①差差:不齐貌。凌:交错升高。②回风:回旋的风。锸(chā):锄田工具。潸(shān)然:流泪的样子。③烧畬(shē):焚烧田地里的草木,用草木灰做肥料的耕作方法。畬族旧以开荒辟地、刀耕火种的粗放方式,进行农耕。④赪(chēng):浅红色。⑤槲(hú)树:一种栎属的落叶乔木,学名柞栎(daimyo oak)。叶子大,互生,粗缘。材质坚硬,树皮及叶可作药用。⑥呻复嚏:发哼声又打喷嚏。鸦娘:巫婆,今观仙婆之类。咒:此处意为卜。

解说

作者温庭筠(约812~870),本名岐,字飞卿,太原祁(今山西祁县)人,是唐代花间词派的重要作家。他才思敏捷,据说他八次叉手,一首诗的八韵即告完稿,故有"温八叉"的外号。其诗与李商隐齐名,世称"温李";词与韦庄齐名,又并称"温韦"。

这首五言古风,主要描写楚越农家生产和生活习俗,且言农事的辛劳和官家课税之繁重,含蓄生动。诗中提到利用"废栈",构建猪栏,说明当时已有利用猪圈喂猪之俗。

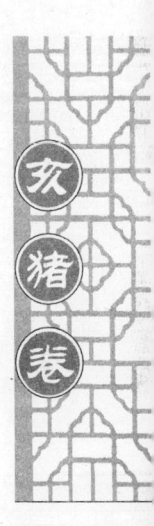

异俗二首(选一) 唐·李商隐

户尽悬秦网,家多事越巫。
未曾容獭祭,只是纵猪都①。
点对连鳌饵,搜求缚虎符②。
贾生兼事鬼,不信有洪炉③。

注释

①獭(tǎ)祭:像水獭那样陈列祭品。《礼记·月令》:孟春之月"东风解

冻，蛰虫始振，鱼上冰，獭祭鱼，鸿雁来"。《吕氏春秋·孟春》"鱼上冰，獭祭鱼"高诱注："獭，水禽也。取鲤鱼置水边，四面陈之，世谓之祭。"猪都：指豪猪。范成大《桂海虞衡志》："山猪即豪猪，身有棘刺，能振发以射人。二三百为群，以害禾稼，州洞中甚苦之。"②连鳌：善钓的典故。《列子·汤问》：渤海之东有一深壑，中有神仙所居之五山。山浮于海，随波而动。天帝遂命巨鳌十五，分作三批，轮流负山，五山始屹立不动。"而龙伯之国有大人，举足不盈数步而暨五山之所，一钓而连六鳌，合负而趣归其国，灼其骨以数焉。"缚虎：捆住猛虎；喻征服了难以征服之人。③贾生：即贾谊，西汉著名的政论家，力主改革弊政，提出许多重要政治主张，但却遭谗被贬，一生抑郁不得志。《史记·屈原贾生列传》：汉文帝接见贾谊"问鬼神之本。贾生因具道所以然之状。至夜半，文帝前席"。作者有诗："宣室求贤访逐臣，贾生才调更无伦。可怜夜半虚前席，不问苍生问鬼神。"洪炉：比喻天地，指陶冶和锻炼人的环境。晋葛洪《抱朴子·勖学》："鼓九阳之洪炉，运大钧乎皇极。"杜甫《行次昭陵》诗："指麾安率土，荡涤抚洪炉。"

解 说

作者李商隐（813~858），字义山，号玉溪生、樊南生，河南荥阳（今属郑州）人。开成二年（837）进士，任泾原节度使王茂元幕僚。会昌二年（842）为秘书省正字。

作者时从事岭南，作诗两首，其一为："鬼疟朝朝避，春寒夜夜添。未惊雷破柱，不报水齐檐。虎箭侵肤毒，鱼钩刺骨铦。鸟言成谍诉，多是恨彤幨。"另一首即本诗。

宋吴炯《五总志》说："唐李商隐为文，多检阅书史，鳞次堆集左右，时谓为獭祭鱼。"元辛文房《唐才子传》也说："商隐工诗，为文瑰迈奇古，辞隐事难。及从楚学，俪偶长短，而繁缛过之。每属缀，多检阅书册，左右鳞次，号'獭祭鱼'。"针对他的诗爱好堆砌典故，提出评论。

这首五律是作者叙述岭南民俗的两首诗之一，指出那里居民保护生态，并不伤害豪猪。全诗罗列当地不同于中原的风俗习惯，语言风趣；末语则讥刺那里的人过分迷信。

（冯广宏补充）

洛下寓怀 唐·薛能

胡为遭遇孰为官,朝野君亲各自欢。
敢向官途争虎首,尚嫌身累爱猪肝①。
冰霜谷口晨樵远,星火炉边夜坐寒。
唯有报恩心未剖,退居犹欲佩芄兰②。

注释

①虎首:权力核心。如三国蜀汉关羽字云长,河东解良人,即居五虎上将之首。猪肝:生活上受地方官照顾的典故。《后汉书·周燮黄宪等传序》:"太原闵仲叔者,世称节士。""客居安邑。老病家贫,不能得肉,日买猪肝一片,屠者或不肯与。安邑令闻,敕吏常给焉。仲叔怪而问之,知,乃叹曰:闵仲叔岂以口腹累安邑邪?遂去,客沛。"②芄(wán)兰:一种草本植物,又名萝藦,亦名女青,荚实倒垂如锥形,俗名婆婆针线包。《诗经·国风·卫风》有《芄兰》诗篇:"芄兰之支,童子佩觿。"隐寓报答之心。

解说

作者薛能(817?~880?)字太拙,汾州人。会昌六年(846)进士。大中末年(约858)书判中选,补盩厔尉。后历任御史、都官刑部员外郎。咸通中摄嘉州刺史,迁主客、度支、刑部郎中,权知京兆尹事;授工部尚书,节度徐州。

这首七律为抒怀之作,其中提到东汉闵仲叔的典故。以往猪肝比猪肉价廉,贫士吃不起肉,常买猪肝代替,而卖肉的店铺因赚不到钱又不大愿意卖,使闵仲叔很难堪。县官敬重仲叔,给肉铺打了招呼,肉铺就不敢不卖了。这一猪肝佳话,一方面透露了贫士的清高,一方面表彰了官员的爱才,因此作者在诗中表示,处于政治旋涡之中,本不想为官,不想争雄,只爱说这猪肝佳话,来感谢官府的照顾。

(冯广宏补充)

寄洪正师　唐·罗隐

寄蹇浑成迹，经年滞杜南①。
价轻犹有二，足刖已过三②。
鸡肋曹公忿，猪肝仲叔惭③。
会应谋避地，依约近禅庵。

注释

①寄蹇（jiǎn）：事不遂心之意。蹇是《周易》一卦，象征不顺利。浑：简直；全都。滞：滞留。杜：春秋时国名，地在今西安东南。②价轻：意思是身价虽然不高，却货真价实。此处指东汉韩康"不二价"的典故。《后汉书·逸民传》：韩康字伯休，"常采药名山，卖于长安市，口不二价三十余年。时有女子从康买药，康守价不移。女子怒曰：'公是韩伯休耶，乃不二价乎？'康叹曰：'我本欲避名，今小女子皆知有我，何用药为？'乃遁入霸陵山中"。足刖（yuè）：古代一种断足的酷刑，此处指战国时卞和多次受断足刑的典故。《韩非子·和氏》："楚人和氏得玉璞楚山中，奉而献之厉王，厉王使玉人相之，玉人曰：'石也。'王以和为诳，而刖其左足。及厉王薨，武王即位，和又奉其璞而献之武王，武王使玉人相之，又曰'石也。'王又以和为诳，而刖其右足。武王薨，文王即位，和乃抱其璞而哭于楚山之下，三日三夜，泣尽而继之以血。王闻之，使人问其故，曰：'天下之刖者多矣，子奚哭之悲也？'和曰：'吾非悲刖也，悲夫宝玉而题之以石，贞士而名之以诳，此吾所以悲也。'王乃使玉人理其璞而得宝焉，遂命曰'和氏之璧'。"③鸡肋：指汉末杨修的典故。《三国志·魏志·武帝纪》"备因险拒守"裴松之注引晋司马彪《九州春秋》："时王欲还，出令曰'鸡肋'，官属不知所谓。主簿杨修便自严装，人惊问修：'何以知之？'修曰：'夫鸡肋，弃之如可惜，食之无所得，以比汉中，知王欲还也。'"后来因曹操嫉恨，被曹操杀害。曹公：即曹操。仲叔：指东汉贫士闵仲叔买猪肝的典故。

解 说

作者罗隐（833~909），原名横，字昭谏，号江东生，新城（今浙江富阳）人，大中十三年（859）至京师，应进士试，历年不第，自称"十二三年就试期"，史称"十上不第"。黄巢起义后，避乱隐居九华山。光启三年（887）归乡依吴越王钱镠，历任钱塘令、司勋郎中、给事中等职。题中洪正，是当时高僧。

这首五律是作者寄赠高僧之作，主要抒发内心远离尘世、隐居山野的情绪。诗中提到个人生活困顿，却不愿折腰降价，就像东汉闵仲叔那样，虽然只有吃猪肝的条件，但也不想拖累当地官员。诗中引述了许多典故，以韩康、卞和、杨修等人自比，归结到当前，只有与方外人交往了。

（冯广宏补充）

选人歌 唐·无名氏

今年选数恰相当，都由座主无文章。
案后一腔冻猪肉，所以名为姜侍郎①。

注 释

①案：相当于书桌。冻猪肉：指祭祀孔子的祭品，事后按礼要分给参加者吃。《唐六典》称："仲春上丁释奠于孔宣父，以颜回配焉，其七十二弟子及先儒并以祀。仲秋之月亦如之。"古代春秋两季各有一个逢丁的日子，祭祀孔子，祭礼结束后，摆在祭坛上已经放冷了的猪肉，要分配给教谕、训导以及秀才们吃。姜侍郎：指唐代吏部侍郎姜晦。因其姓姜，与"僵"同音，即戏说为冻僵了的猪肉。唐张鷟《朝野佥载》谓"姜晦为掌选侍郎，吏部之秽"；又言"唐姜晦为吏部侍郎，眼不识字，手不解书，滥掌铨衡，曾无分别"。

解 说

这首七言俳谐诗，录自唐张鷟《朝野佥载》卷三。是当时参加铨叙考试的人（选人），讥刺糊涂的主考官"姜侍郎"为冻猪肉之作。意思说他冰冷僵硬，毫无水平。猪肉在诗中成了一支指向昏官的投枪。

（冯广宏补充）

题蜀宫壁 　五代·黄万祐

莫交牵动青猪足①，动即炎炎不可扑。
鸷兽不欲两头黄②，黄即其年天下哭。

注释

①莫交：即莫教；不要的意思。青猪：双关语，一是指雄猪，发情时刚烈如火，人不要去惹它。一是隐射干支，猪当然是地支亥，青色代表五行的木，于天干为乙，故青猪即乙亥年。②鸷（zhì）兽：猛兽。《后汉书·马融传》："鸷兽毅虫，倨牙黔口。"此处指老虎，隐射寅年。

解说

作者黄万祐，五代时异人，修道于黔南无人之境，累世常在，每二三十年出山一次，来到成都卖药，言人灾祸无不灵验。蜀主王建曾迎入宫，加以礼遇，后来他还是坚辞归山。

这首七言歌谣，是作者向王建告辞归山时，题在所居房屋壁上的作品；词语隐晦，类似谶纬。开头说不要牵动雄猪的脚，免得起火；后来到了前蜀永平五年（915），是个乙亥年，王建领兵东夺取秦、凤诸州，正在报捷之际，宫内忽然发生了火灾，诗中的话居然应验了。后三年即天汉二年（918），岁在戊寅，寅就是诗中的"鸷兽"，而"戊寅"的天干与纳音都属土，由于五行中的土是黄色，诗中的"两头黄"就影射于此；这一年王建去世，成为诗中"天下哭"的结论，大家十分惊叹，作者讲得简直不差毫发。

（冯广宏补充）

蒸豚 　五代·紫衣僧

嘴长毛短浅含膘①，久向山中食药苗。

蒸处已将蕉叶裹，熟时兼用杏浆浇②。
红鲜雅称金盘荐③，香软真堪玉箸挑。
若把膻根来比并，膻根只合吃藤条④。

注释

①此句写选猪的品种；用来蒸食的猪，要嘴长毛短，不肥不瘦，最好是长时间食山中的药苗，那才理想。②两句写蒸猪肉之法：以芭蕉叶裹着猪肉来蒸，蒸熟后再用杏汁来浇。③荐：进献。一本作"钉"。④膻（shān）根：羊肉。合：应该。吃藤条：指羊挨藤条的打。

解说

作者是五代时期的蜀僧，名号不详。此诗见苏轼《东坡志林》，言后唐王全斌平后蜀时，到寺庙中求食，寺僧说庙里只有蒸猪头，并无他食。于是取来供其食用，全斌吃得非常满意。便问和尚：你除了吃酒食以外，还会做啥？此僧说：能够做诗。于是全斌就命此僧作《蒸豚》诗，豚即猪。全斌看了诗后大喜，立即给以"紫衣师"的称号。按，西蜀禅宗僧人，往往打破种种戒律，追求终极真理，甚至呵佛骂祖，吃肉也是正常的现象。

僧人照例不吃荤腥，但写这首七律的和尚不但吃猪肉，而且还是个美食家，诗中把蒸肉的色香味，描写得淋漓尽致。从选择猪种起，就显得十分考究；其调制方法，又新奇独特。蒸好的肉，堪用金盘玉筷；其红鲜香软，足以使人垂涎三尺。尤其是尾联用"膻根"来作对比，更显蒸豚之美，全诗形象、风趣，堪称佳作。

煮猪头　宋·苏轼

净洗锅，浅着水，深压柴头莫教起。黄豕贱如土，富者不肯吃，贫者不解煮。有时自家打一碗，自饱自知君莫管。

解说

作者苏轼（1037~1101），字子瞻，又字和仲，号东坡居士，世人称为"苏东坡"。眉州人。嘉祐二年（1057），与弟苏辙同登进士。授大理评事，签书凤翔府判官。熙宁二年（1069），为判官告院。因与宰相王安石政见不合，自请外任，出为杭州通判。再迁知密州、移知徐州。元丰二年（1079），罹"乌台诗案"，责授黄州团练副使，本州安置，不得签署公文。哲宗立，高太后临朝，复为朝奉郎知登州；又迁为礼部郎中、起居舍人、中书舍人，又迁翰林学士知制诰（二品），知礼部贡举。元祐四年（1089）出知杭州，后改颍州，又知扬州、定州。元祐八年（1093），哲宗亲政，被贬惠州，再贬昌化军。徽宗即位，遇赦北归，卒于常州。谥文忠。

这首杂言古诗，明白如话，是苏轼贬谪黄州时的戏作，见《仇池笔记》。此诗的另一本文为："洗净铛，少著水，柴头罨烟焰不起。待它自熟莫催它，火候足时它自美。黄州好猪肉，价贱如泥土。富者不肯吃，贫者不解煮。早晨起来打两碗，饱得自家君莫管。"文字略异。"铛（chēng）"为烹饪器具；"罨（yǎn）"意为覆盖；"解"意思是知道。

此诗主要介绍炖猪肉的方法，强调火候和煨功。诗中说黄州人不大吃肉，所以不知道这种烹肉方法；那里肉价很低。作者常买猪肉回来，用四川老家的方法烹制，并作此诗以记。全诗不乏诙谐风趣，表现出一种积极的生活态度。

闻子由瘦，儋耳至难得肉食 宋·苏轼

五日一见花猪肉①，十日一遇黄鸡粥。土人顿顿食薯芋，荐以熏鼠烧蝙蝠。旧闻蜜唧尝呕吐②，稍近虾蟆缘习俗。十年京国厌肥羜，日日烝花压红玉③。从来此腹负将军④，今者固宜安脱粟⑤。人言天下无正味，蝍蛆未遽贤麋鹿⑥。海康别驾复何为？帽宽带落惊僮仆⑦。相看会作两臞仙，还乡定可骑黄鹄⑧。

注释

①花猪肉：或今所谓的五花肉。②荐：接连着。蜜唧：一作蜜喞，以蜜饲喂的初生鼠。唐张鷟《朝野佥载》卷二："岭南獠民好为蜜唧，即鼠胎未瞬、通身赤蠕者，饲之以蜜，钉之筵上，嗫嗫而行，以箸挟取啖之，唧唧作声，故

曰蜜唧。"③京国：国都。羜（zhù）：五个月大之小羊。烝（zhēng）：即蒸。
④将军：俗语里的比方。作者自注："俗谚云：大将军食饱扪腹而叹曰：我不负汝。左右曰：将军固不负此腹，此腹负将军，未尝出少智虑也。"⑤安脱粟：安心吃只脱谷壳的糙米。《晏子春秋·杂》："晏子相景公，食脱粟之食。"⑥蝍蛆：蟋蟀；或指蜈蚣，据称蜈蚣喜食蛇眼。《庄子·齐物论》："民食刍豢，麋鹿食荐，蝍且甘带，鸱鸦耆鼠，四者孰知正味？"此用其典。未遽（jù）贤：不一定优于。⑦海康：属广东省，汉元鼎六年（前111）置徐闻县于此，隋改为海康县。即今雷州市。别驾：官职名，为州刺史的佐吏。帽宽带落：人瘦而头窄腰细，故帽宽带落，有不胜衣冠之态。⑧臞（qú）仙：体瘦而精神健旺者，老年文人亦常自称。黄鹄（hú）：即黄鹤，传说中仙人所骑。

解说

题中子由，是苏轼之弟苏辙的字。儋（dān）耳，原为南方古国名。一名离耳。汉元鼎六年内属，称儋耳郡，在今海南儋县。当时为苏轼安置之地。绍圣四年（1097）四月，苏轼因《纵笔》诗中两句"报道先生春睡美，道人轻打五更钟"得罪，以琼州别驾虚衔贬昌化军安置。五月九日在梧州知其弟苏辙在广西滕州，即开船追赶，十一日二人相会于滕州。此诗为是年八月在海南作。广西、海南，饮食粗粝，二人瘦到可以骑鹄回乡。

这首七言古风，主要描述作者在海南的境况，主要是饮食上的不适应。蜀人以猪肉为主要食物，但在那里，五天才能吃一回。诗中开头即言此意，以下罗列了大量南方的饮食习惯，但作者与其弟完全不能接受，因此消瘦得可以飘上天。

（何焱林补注）

雷阳书事　宋·秦观

　　一笛一腰鼓，鸣声甚悲凉。借问此何为？居人朝送殇①。出郭披莽苍②，磨刀向猪羊。何须作佳事③，鬼去百无殃。

注释

①朝（zhāo）：早晨。殇（shāng）：未成年而死者，或战死者。②郭：外城。披：覆盖。莽苍：形容郊野景色迷茫，空旷无际。③佳事：诵经法事；或指善事。

解说

作者秦观（1049~1100），字少游，一字太虚，号淮海居士、邗沟居士；扬州高邮（今属江苏）人。为"苏门四学士"之一。元丰八年（1085）进士，初为定海主簿、蔡州教授，元祐初年，苏轼荐为秘书省正字，兼国史院编修官。哲宗时新党执政，被贬为监处州酒税，徙郴州，编管横州，又徙雷州，至滕州而卒。题中雷阳，即指雷州。

这首五言古风，是一幅古人办丧事的风俗画。人们早上送走逝者，乐器奏着悲凉的乐调，送丧出城外，郊野景色迷茫，人们杀猪宰羊，驱鬼敬神，免除灾殃。可见，猪在古代人们办丧事时，起着不可或缺的作用。

北园杂咏 宋·陆游

短筇行乐出柴荆①，雪意阑珊却变晴。
林际已看春雉起②，屋头还听岁猪鸣③。

注释

①筇：竹制手杖。柴荆：自己家的谦称。②阑珊：将尽之意。雉：野鸡。③岁猪：即年猪，过年祭祀及过年餐宴之猪。宋苏轼《与子安兄书》之一："此书到日，相次岁猪鸣矣。"

解说

作者陆游（1125~1210），字务观，号放翁，越州山阴（今浙江绍兴）人。绍兴二十三年（1153）应试进士，取为第一。二十八年（1158）出任福州宁德县主簿。三十二年（1162）以后，历任枢密院编修官兼编类圣政所检讨官、通判、安抚使、参议官、知州等职。淳熙二年（1175），范成大镇蜀，邀陆游至其幕中任参议官。六年（1179）从提举福建常平茶盐公事，改任朝请郎提举江南西路常平茶盐公事。淳熙十三年（1186），知严州。后官至宝谟阁待制。光宗即位，改任朝议大夫、礼部郎中。

这首七言绝句，主要描述初冬的城郊境况。外面虽然已比较寒冷，可是过年猪在家中鸣叫，却衬托出十分温暖的家庭气氛。

祭灶词　宋·范成大

古传腊月二十四，灶君朝天欲言事①。云车风马小留连，家有杯盘丰典祀。猪头烂热双鱼鲜，豆沙甘松粉饵团。男儿酌献女儿避，酹酒烧钱灶君喜②。婢子斗争君莫闻，猫犬触秽君莫嗔；送君醉饱登天门，杓长杓短勿复云，乞取利市归来分③。

◆ 注　释

①灶君：民间称为灶王爷，雅称东厨司命，是传统家庭内的监察神灵；其渊源久远，《礼记·祭法》七祀中就有"灶"；汉应劭《风俗通·祀典》引《周礼说》："颛顼氏有子曰黎，为祝融，祀以为灶神。"《淮南子·泛论训》："炎帝作火，而死为灶。"隋杜台卿《玉烛宝典》引《灶书》说"灶神姓苏，名吉利；妇名搏颊"；就是民间所谓"灶公灶母"；同书引《杂五行书》又说："灶神名禅，字子郭，衣黄衣，披发，从灶中出。"而唐段成式《酉阳杂俎·诺皋记》却说："灶神名隗，状如美女。又姓张名单，字子郭。夫人字卿忌。"民间众说不一。灶君的职责很明确，晋葛洪《抱朴子·微旨》："月晦之夜，灶神亦上天白人罪状。大者夺纪。纪者，三百日也。小者夺算。算者，一百日也。"南方习俗在农历十二月二十四日晚上送灶神，供品用一些又甜又黏的东西，目的是要塞住他的嘴巴，让他上天时多说好话。②酹（lèi）酒：以酒浇地，表示祭意。③杓（sháo）：长柄勺。利市：即压岁钱。意思是灶王爷上天带回财运，将它化为金钱分给孩子，也好讨个吉利。

解说

作者范成大（1126~1193），字致能，号石湖居士，平江吴郡人。绍兴二十四年（1154）进士，初授户曹，又任监和剂局、处州知府，以起居、假资政殿大学士出使金朝，不辱使命而归。后历任静江、成都、建康等地行政长官。淳熙时官至参知政事，晚年隐居故乡石湖。卒谥文穆。

这首七言古诗，描述宋代南方春节前夕的祭灶习俗，是一篇重要的民俗史料。诗中前四句说，灶君每年腊月二十四，要照例上天汇报这一家人的善恶勤懒情况，因此希望他在坐上风云车马之前，小作勾连，享受一下丰盛的礼品。下面四句讲祭祀情况，盘子里蒸熟的猪头是少不了的；还有两条鱼和豆沙饼饵之类，请灶君享用。这时妇女必须回避，由男人主祭，浇酒又烧纸钱，为灶君送行。后面五句是向灶王爷祷告的话：平时婢女在灶边吵架，猫狗在灶边打架，吵闹了您老人家，希望不要生气，祭品长短不一也请原谅；吃饱喝足之后就往天门而去，早点带些利市回来，好让孩子们分享。全诗叙事清晰，条理分明，而且非常风趣，情景如见。

（冯广宏补充）

驱猪行　金·元好问

沿山莳苗多费力，办与豪猪作粮食①。草庵架空寻丈高②，击版摇铃闹终夕。孤犬无猛噬③，长箭不暗射。田夫睡中时叫号，不似驱猪似称屈。放教田鼠大于兔，任使飞蝗半天黑。害田争合到渠边，可是山中无橡术④。长牙短喙食不休⑤，过处一抹无禾头。天明垄亩见狼藉⑥，妇子相看空泪流。旱干水溢年年日，会计收成才什一⑦。资身百倍粟豆中，儋石都能几钱直⑧？儿童食糜须爱惜⑨，此物群猪口中得，县吏即来销税籍⑩！

注释

①莳（shí）：栽种，移植。豪猪：一指箭猪，自肩部以后生长而硬的棘

毛。棘毛如刺，颜色黑白相间。穴居，昼伏夜出。《太平御览》卷九〇三引《山海经》："豪猪如豚而白毛，毛大如笄而黑端。"一指壮而凶猛之野猪。②草庵：此处指草房，草舍。《宋书·沈庆之传》："营内多幔屋及草菴，火至辄以池水灌灭，诸军多出弓弩夹射之。"寻：古代长度单位，八尺为寻。寻丈高：八尺或一丈高，指低矮之草屋。③噬（shì）：咬。④争合：战斗，打斗。橡术：其果实似栗而小，灾年常作饥民食用。⑤喙（huì）：豪猪的嘴。⑥垄亩：田土、田地。《南史·隐逸传上·宗彧之》："我布衣草莱之人，少长垄亩，何宜枉轩冕之客。"狼藉、错杂零乱貌。《史记·滑稽列传》："日暮酒阑，合尊促坐，男女同席，履舄交错，杯盘狼藉。"⑦会计：即统计数量。什一：十分之一。⑧资身：投入的资金和劳力。资身亦有养身、立身意。《汉书·韩信传》："寄食于漂母，无资身之策。"意为田家衣食百倍依赖于事粟。儋（dān）：通"担"。儋石指收获粮食的数量。直：通"值"。⑨糜：米粥。⑩税籍：赋税的记录。

解　说

　　作者元好问（1190~1257），字裕之，号遗山。山西秀容（今山西忻州）人。金朝兴定年间进士，历任内乡令、南阳令、尚书省掾、左司都事、行尚书省左司员外郎，金亡后不仕。

　　这首杂言古风，着重描写了豪猪对农作物的危害，驱猪无效，庄稼受损，加上鼠害虫灾，旱干水溢，官府苛税，致使民不聊生，悲泪空流。这是一首反映当时社会民间疾苦的优秀诗篇。

金人出猎图　元·张雨

小队鸣笳晓出围，地椒狼藉兽应肥①。
庖厨久厌腥羊粉②，故遣萧郎击豕归③。

注　释

　　①椒：芸香科植物。②庖（páo）：炊事。③萧郎：指北方壮士。辽主的

汉姓为萧,这也是古代北方民族的大姓之一。击豕:狩猎野猪。

解说

作者张雨(1283~1350),旧名张泽之,字伯雨;钱塘(今浙江杭州)人。元代词曲家、书画家。年二十弃家为道士,居茅山,道名嗣真,道号贞真子,自号句曲外史。

这是一首题画七绝诗。图画中,一小队金人吹着胡笳,拂晓出发围猎。地面上的植物散乱不堪,这是野猪蹂躏的结果,它们早已吃肥了。由于带腥味的羊肉粉大家吃厌了,厨师也做厌了,所以多数姓萧的年轻人都带队出来打野猪,回去好改善一下伙食。短短四句,生动形象地描绘出一幅具有民族特色的金人狩猎图。

豕图行 元·戴良

胡风吹沙黄入天,胡马奔腾西出关。边头人民格斗死,路旁突出惟孤豕。群胡走马逐豕逃,弯弓奋戟意气豪。一人自足当豕力,万骑盘旋追不得。当时岂为一豕谋?只恐功成恩宠休。岂知此豕命既脱,荐食郊原竟难遏①。秋来草黄马正肥,将军处处事驱驰②。何时射豕得豕归?呜呼!何时射豕得豕归?

注释

①荐:屡次。遏(è):制止。②事:从事。驱驰:骑马奔跑;指行军作战。

解说

作者戴良(1317~1383),字叔能,自号九灵山人,浦江(今属浙江诸暨)人。初为月泉书院山长,曾任淮南江北等处行中书省儒学提举。后至吴中依张士诚。又泛海至登莱,拟归元军。元亡,隐居四明山。洪武十五年(1382)召至京师,欲与之官,托病固辞。致因入狱。著有《春秋经传考》《和陶诗》《九灵山房集》等。

这首古风是一首题画诗,先叙事,后议论。前面8句写北方边境,人民多在战争中死去，只有一条野猪突出奔跑，一群胡人走马追逐，结果万骑难追，野猪居然逃脱了。诗中后面各句主要发表感慨：当时大家放掉野猪，并不是为它着想，而是害怕捉住野猪后失去价值，丢掉工作岗位。野猪得到活命，在草原上放肆觅食，造成很大的破坏！将军们处处为朝廷作战效力，什么时候才能为边疆各族人民过日子着想，去消除野猪的危害呢？诗虽言射豕，实写边事给百姓带来的祸患。

题富好礼所畜村乐图（摘录） 明·刘基

长江波浪接淮泗，白日惨澹腾蛟虬。天下农夫总供给，陇亩不得安锄耰①。市中食物贵百倍，一豕之价过于牛。鱼盐菜果来卖米，官币束阁若赘瘤。朝餐仅了愁夕膳，谁复有酒浇其喉。循环天运往必复，邪气暂至不远瘳②。此生此景须再睹，引领怅望心悠悠。

注 释

①锄耰（yōu）：古代一种农具，用以弄碎土块，平整土地。②瘳（chōu）：恢复健康。

解 说

作者刘基（1311~1375），字伯温，浙江温州文成县南田人（旧属青田县），时人称为刘青田。由于明洪武三年受封诚意伯，又称刘诚意。元至顺年间进士，曾任浙东行省元帅都事等职，因事罢官。回乡后曾参与镇压浙江地区的农民起义。他是元末明初的军事家、政治家兼诗人，通经史、晓天文、精兵法。元至正二十年（1360）投奔朱元璋，参与建立明王朝的各种制度。他辅佐朱元璋开创明朝，并尽力保持国家安定，被后人比作诸葛武侯。题中富好礼，生平不详。

这首七言古风，是作者见到朋友家中收藏的一幅画，画面上描绘的是故乡田园景色，因而引起乡愁，写了一大段回忆和感慨；落脚在那时的元代末年，民不聊生状况。原诗较长，此处仅摘录其中涉及猪的一段。当时农民普遍受到残酷剥削，农业生产遭到极大破坏；过去养猪业发达地区，一头猪的价钱，竟

然比一条牛还贵；可见家畜养殖残败到什么程度！由于通货膨胀，官币根本不值钱；老百姓上顿吃了没有下顿，更谈不到喝酒了。煞尾四句，阐述邪恶的世道，必然会改变；过去安乐的田园生活，也一定会到来。

和陶归田园（摘录） 明·陈献章

我始惭名羁，长揖归故山①。故山樵采深，焉知世上年。是名鸟抢榆，非曰龙潜渊②。东篱采霜菊，西渚收菰田③。游目高原外，披怀深树间。禽鸟鸣我后，鹿豕游我前。泠泠玉台风④，漠漠圣池烟⑤。闲持一觞酒，权饮忘华颠⑥。逍遥复逍遥，白云如我闲。

注 释

①名羁（jī）：受声名的限制。故山：即故乡。②抢榆：喻胸无大志。《庄子·逍遥游》："蜩与学鸠笑之曰：'我决起而飞，抢榆枋。'"龙潜：此处喻贤达潜隐。③菰：多年生草本植物，生浅水中，嫩茎称茭白、蒋，可为菜。实称菰米、雕胡米，可煮食。④泠泠（líng）：清凉凄冷貌。《文选·宋玉〈风赋〉》："清清泠泠，愈病析酲。"李善注："清清泠泠，清凉之貌也。"玉台：天帝居处。《汉书·礼乐志》："天马徕，龙之媒，游阊阖，观玉台。"颜师古注引应劭曰："阊阖，天门。玉台，上帝之所居。"⑤圣池：或指西王母之瑶池。《穆天子传》"乙丑，天子觞西王母于瑶池之上。"⑥觞（shāng）：古饮酒器，后亦代指酒，如行觞、觞政。又《说文》："觞，爵实曰觞，虚曰觯（zhì）。"权：暂且。华颠：头发花白。

解 说

作者陈献章，字公甫，号白沙先生，明代著名理学家。

这首五言古风，是仿效晋代诗人陶渊明《归园田居》之作，此处仅摘录其中涉及猪的前段。诗中想象禽鸟、野鹿、野猪都与人和谐相处，回到现实生活之中，则在田间篱下，提一壶酒作逍遥游，何等自在！此诗应为诗人不满于官场现状，躬耕隐居，追求田园生活的写照。

（何焱林补注）

虎来 明·沈周

成化十一年九月，讹言虎至争慌惚。我谓虎至岂水乡，况少荡翳与林樾①。前村渐报咥老翁，西村少年扑见骨。未昏家家栅猪犬②，四邻缓急莫相越。昨闻邻子说果见，夜闻噭哮竦毛发。起从壁孔稍窥觇③，恰有微月映屋缺。翻乌骇雀不安树，偃草落叶悲风发。阔行卓尾自破来，意搏不得怒气勃。耸躯哆吻首阖地④，瞋目眈眈两杯凸。侵朝出门迹宛在，湿泥载途五爪没。口中且言尚惊怕，转首四顾疑冲突。呜呼猛兽猛不知，平郊独行无乃忽。人稠地局势无比，众眼不甘留突兀⑤。其中岂无冯妇者，攘臂敢前何不蹶⑥。弯弧倘有裴将军⑦，老命须臾应弦殁。不如徙恶南山深，安我民心汝安窟。

注 释

①荡（dàng）：大竹。翳（yī）：障蔽。林樾（yuè）：道旁林荫树。②咥（dié）：咬啮。扑见骨：老虎用爪扑人，裂肉见骨。未昏：天还未黑。栅（zhà）：关进围栏。③噭（jiào）：同"叫"。哮：吼叫。竦（sǒng）：竖立。觇（chān）：暗中察看。④哆（chǐ）：张口、扩大。⑤地局：地势狭窄。突兀：指恶虎这一突出事件。⑥冯妇：古代晋国敢于打虎的勇士。《孟子·尽心下》："晋人有冯妇者，善搏虎，卒为善士；则之野，有众逐虎，虎负嵎，莫之敢撄；望见冯妇，趋而迎之，冯妇攘臂下车，众皆悦之，其为士者笑之。"攘（rǎng）臂：捋起袖子，露出胳膊，表示振奋。蹶（juě）：跌倒。弯弧：拉弓。⑦裴将军：即唐开元年间北平守裴旻。《独异志》说他"掷剑入云，高数十丈，若电光下射，漫引手执鞘承之，剑透空而入，观者千百人，无不惊栗"。他并以善射著名，北平多虎，他一日射虎三十一头，见《新唐书·李白传》。颜真卿有《裴将军诗》帖，中有"一射百马倒，再射万夫开。匈奴不敢敌，相呼归去来"之句。

解 说

作者沈周（1427~1509），字启南，号石田、白石翁、玉田生、有居竹居主人；长洲（今江苏苏州）人。是明代杰出的书画家。他一生不应科举，专事诗文、书画，是明代文人画"吴派"的开创者，与文征明、唐寅、仇英并称"四大家"。

这首七言古风，详细记录了明代成化十一年（1475）长洲水乡的虎患。一般来说，老虎应该在山区活动，那时竟然闯进了水乡泽国，咬伤老人和青年，吓得农村里不到黄昏，家家户户就把猪和狗关进栅栏，防备虎咬。作者在诗中描述了邻居家半夜窥视的状况，老虎的神态和脚印，历历如绘。后段提出问题：人口如此稠密，地区如此狭窄，老虎居然能够伤人，而人们竟然没有办法；这不由得想起古代的冯妇和唐代的裴将军来。

乐神曲·城隍　元·沈贞

《乐神曲》者，拟《楚辞·九歌》而作也。吴人尚鬼，祀必以巫觋迎送，舞歌登献，其辞亵嫚，禳灾徼福，不知其分，滋黩甚矣①。故为此辞，以明鬼神之理、祷祀之意，祛其荒淫之志焉。

保我之民兮邑此方，崇其墉兮浚其隍。民不惊兮志定，眷灵修兮作民命②。堤杨兮结阴，青青兮蔽林。女墙坚兮有郭有郭，绕洄湾兮濠归于壑③。灵之来兮玄都，飏旗旄兮若荼④。陈一豕兮两俞⑤，载斟之兮百壶。城兮隍兮吾永无虞。

注 释

①巫觋（xí）：巫师。女巫为"巫"，男巫为"觋"。亵嫚（xiè màn）：亵渎尊严。禳（ráng）灾：使法术解除灾难。徼（yāo）福：祈福。徼通邀。滋黩（dú）：轻慢不敬。②崇：加高。墉：城墙。隍：护城河。眷：依靠。灵修：指巫师。③女墙：建立在外城墙处保护内城的防御工事。郭（fú）：指城圈外围的大城。洄（huí）：水流回旋。濠（háo）：护城河。壑（hè）：深沟或大水坑。④飏：通"扬"。若荼（tú）：声势盛大。荼为茅草之花，白色。

⑤陈：供奉。两俞：双方和乐愉快。

解说

作者沈贞，字元吉，长兴（今属浙江）人，居横玉山下。至正中（约1354）在世。

这首仿效《楚辞》的古风，是作为祭祀城隍神的歌词。城和隍本来的定义，就是城墙和护城河，后来演化为城市的保护神，诗辞的前段主要阐述此义。后段讲用整个猪和大量酒来祭神，希望保佑城市安康。

七夕梦梅花　清·黄宗羲

梅花独立正愁绝，冰缠雾死卧天阙。孤香牢落护残枝①，不随飘堕四更月。新诗句句逼空蒙，嫣然一笑隔林樾②。有如高士白云表，牛矢烟消山雪合③。一生寒瘦长镵句④，伸头窥天亦半缺。谁寄山瓢落叶中，泻向梅花同傲兀⑤。已上六韵梦中作，瓜舍驱猪方矻矻⑥。床头摸衣境过清，不谓三伏犹未卒。始知此夜梅花诗，未与炎景相唐突。

注释

①牢落：同寥落，孤寂。②空蒙：迷茫飘逸貌。南朝齐谢朓《观朝雨》诗："空濛如薄雾，散漫似轻埃。"嫣然一笑：娇娆妩媚之笑。《文选·宋玉〈登徒子好色赋〉》："嫣然一笑，惑阳城，迷下蔡。"李善注："王逸《楚辞》注：嫣，笑貌。"林樾见前注。③高士：行为志节高尚之人。《墨子·兼爱下》："吾闻为高士于天下者，必为其友之身，若为其身，为其友之亲，若为其亲，然后可以为高士于天下。"牛矢：牛屎。一些农家以干牛粪作燃料。④长镵（chán）：一作长㭞。田器。唐杜甫《乾元中寓居同谷县作歌》之二："长镵长镵白木柄，我生托子以为命。"长镵句即清寒瘦硬之句。⑤山瓢：喻粗劣容器或饮具。唐韦应物《寄释子良史酒》诗："秋山僧冷病，聊寄三五杯。应泻山瓢里，还寄此瓢来。"傲兀：傲岸的姿态。⑥矻矻（kū）：很费力。

解　说

　　作者黄宗羲（1610~1695），字太冲，号南雷，晚年自称梨洲老人；浙江余姚人。明末在配合张煌言进行复国活动失败后，漂泊海上；至顺治十年（1653）始返回故里，课徒授业，著述以终。他多才博学，对于经史百家、天文算术、乐律及释道理论，无不深入研究；尤其在史学上成就最大。

　　这首七言古风是记梦之作，内容奇特。当时夏天并未过完，梦境中却是冬季梅花时节，前段基本说梦中情景。后段说一梦醒来，瓜田里的守夜者正在努力驱赶野猪，防其偷嘴。这说明在明末清初战乱环境中，野猪趁机横行霸道。

野豕　清·潘高

　　野豕不缘树，空引枝叶长。溪谷少群众，猛虎啼河梁①。虎饥不择肉，夜盗豕与羊。有客来何为？夜行多苦伤。门外追呼急，子归皆仓黄。庐舍无遗粟，赍我诸军粮②。军粮几十万，朽腐委风霜。诸军何所事？弋雁以翱翔③。

注　释

　　①河梁：河上的桥。②仓黄：即仓皇；慌张之状。赍（jī）：带给。③弋（yì）：射猎。

解　说

　　作者潘高（1624~约1678），字孟升，号鹤江，江苏金坛人。清代诸生，受业于钱谦益。著有《南村诗稿》二十四卷。

　　这首五言古风，叙述征集军粮对农民的剥削和压迫。以山野之中饿虎夜食猪羊作比，揭露当政者拥兵自重，造成百姓被"门外追呼急""庐舍无遗粟"；而军中"军粮几十万""朽腐委风霜"，诸军无所事事的局面，控诉其当时社会的极不合理。

二母彘　清·王廷绍

垺堺参差外①，三春豢豕时②。有朋夸硕大，维母足蕃滋③。
鸡口多休并④，豶牙耦未宜⑤。两肩桑影共，一苙夕阳迟⑥。
糠谷争尝亟⑦，泥涂负每随⑧。豚儿分就乳，蚕妇偶窥饥。
问齿来邻舍⑨，寻声到短篱。老人闲数日，已近献豜期⑩。

注 释

①垺堺（shí jiè）：墙垣下部的鸡窝。②豢（huàn）豕：饲养猪。③维：由于。母：指母猪。蕃滋：繁殖滋长。④休并：不要合并饲养。⑤豶（fén）：阉割过的猪。《易·大畜》："豶豕之牙，大吉。"耦（ǒu）：同"偶"，配对。⑥苙（lì）：猪栏。⑦亟（jí）：急迫。⑧泥涂：猪背上沾泥。语出《周易·睽》（䷥）上九"见豕负涂"。⑨齿：猪的年龄大小。从牲畜的牙齿情况可知其年龄大小。⑩豜（jiān）：大猪。语出《诗经·豳风·七月》"献豜于公"。

解 说

作者王廷绍（约1772~约1830），字善述，号楷堂，北京大兴人。俗曲作家。虽家境不佳，但"贫而负气，傲睨一切"，曾师事纪昀。乾隆五十七年（1792）中举人，嘉庆四年（1799）中进士，以员外郎终。他在乾隆六十年（1795）编订了俗曲总集《霓裳续谱》，内收天津三和堂曲师颜自德辑录的俗曲30种共622段，对研究北京清代曲艺史和俗文学史具有重要资料价值。

这是一首以"二母彘"为题的试帖诗；题的来源出自《孟子·尽心上》："五母鸡，二母彘，无失其时，老者足以无失肉矣。"试帖诗是士子应试时所作，又称"赋得体"。由朝廷出题、定韵、定率，限制极严，要求死板僵化，士子只能守题，不能做反面文章。考试时间又短，要想作好，难度很大。试帖诗虽然没有规定类似八股的格式，但深受八股的影响。《甚原诗说》指出："六韵首句以仄起为是，或押韵起亦可，此不在六韵之数。二句或对或不对，随时置局。次联承起意而畅足之。三联须旁敲远应，推宕击题。四联、五联聚

精会神，正在于此使题无剩意，笔有余情。结句多用颂扬，或寓请托，然亦当与题合拍，不徒泛言。作者能另出精意，补前所未及，则气足神旺，而为后劲矣。"

作者根据《孟子》的短短一句话，进行了艺术的再创作，穿插了一系列典故。诗中提到养猪兼养鸡养蚕的农户，不辞劳苦，耐心细致、讲究方法，使母猪肥壮并繁殖，使小猪养大。反映了古代的家庭养猪事业已和人们的生活息息相关。

承宫牧豕　清·陈嵩庆

为贫甘牧豕，辛苦记承宫。不料求刍暇①，偏留好学功。
辨宁招苙异②，字想渡河同③。师授三余业④，人惊八岁童。
于牢何用执，担笈岂徒工⑤。庐息心先往，鞭驱愿欲空⑥。
精神持卷后，想象负图中。归去明经好，无妨守固穷⑦。

注　释

①求刍（chú）：供应喂牲口的草料。暇：空闲时间。②辨：同"辩"。宁：难道。招苙（lì）：意为动作反复。语出《孟子·尽心下》："今之与杨墨辩者，如追放豚，既入其苙，又从而招之。"杨墨指杨朱与墨翟。③渡河：比喻文字传写的讹误。语出《吕氏春秋·察传》："子夏之晋，过卫，有读史记者曰：'晋师三豕涉河。'子夏曰：'非也，是己亥也。夫己与三相近，豕与亥相似。'至于晋而问之，则曰'晋师己亥涉河'也。"④三余：泛指空闲时间。《三国志》注："冬者岁之余，夜者日之余，阴雨者时之余也"。⑤牢：关养牲畜的栏圈。语出《诗经·大雅·公刘》"执豕于牢"。笈（jí）：书箱。徒：仅仅。工：擅长。⑥庐息：在学校门外站着听课，是承宫的典故。鞭驱：用鞭子赶猪。典出袁山松《汉纪》："吴佑放猪于长垣泽中，诵经而行，遇父故人，谓之曰：'子二千石子，掉鞭而诵经，行吟于泽畔，纵子无耻，奈君父何？'"⑦固穷：甘处穷困，不失气节。《论语·卫灵公》曰："君子固穷。"

解　说

作者陈嵩庆，字复盫，号荔峰、声谷，浙江钱塘人。嘉庆六年（1801）进士，授编修。嘉庆九年（1804）后先后任直隶学政、广东学政、山西学政。道光十三年（1833）由内阁学士升吏部右侍郎，十五年（1835）改吏部左侍郎。工书法。

这首试帖诗，题注"语出《后汉书》承宫牧豕听经"，为汉代承宫牧猪的故事。《后汉书·承宫传》说："（承宫）少孤，年八岁为人牧豕。乡里徐子盛者，以《春秋经》授诸生数百人。宫过息庐下，乐其业，因就听经，遂请留门下，为诸生拾薪。执苦十年，勤学不倦。经典既明，乃归家教授。"本诗就是记叙牧猪郎承宫求学的历程，歌颂他勤学苦读，终于成材的精神。全诗多用典故堆砌，表现出试帖诗的特色。

得岱峰临安学舍书却寄　清·钱泰吉

广文书到苦言贫，饥饿看山蒜发新①。
食少花猪儿女瘦，规依白鹿学徒亲②。
经师自古归儒者，《大雅》须教有替人。
莫倚官闲无一事，但吟蝴蝶句通神。

注　释

①广文：指主管教育的官员。唐天宝九年设广文馆，中有博士、助教等职。明清时因称教官为"广文先生"。蒜发：壮年人头发花白。《北齐书·慕容绍宗传》："吾自年二十已还，恒有蒜发，昨来蒜发忽然自尽。" ②花猪：优秀猪类，苏轼诗中提及。白鹿：指白鹿洞书院。位于庐山五老峰南麓（今属江西九江市），始建于南唐升元年间（约940）。宋代理学家朱熹出任知南康军时，重建书院，亲自讲学，确定办学规条和宗旨。

解　说

作者钱泰吉（1791~1863），字辅宜，号警石，又号深庐，浙江嘉兴人。道光七年（1827）以廪贡生任海宁训导，历时近三十年，后主讲海宁安澜书院。著有《甘泉乡人诗文稿》二十四卷、《曝书杂记》三卷，以及《甘泉乡人迹言》《清芬世守录》《颐合室合稿》《海昌学职禾人考》等。所纂《海昌备志》，人称佳志。

这首七律是对友人临安学舍来信的回函，题中"岱峰"不详何人。诗中谈及清初教育官员生活的清苦，"食少花猪"句出自苏轼《闻子由瘦》诗。

春日游西湖书院　清·张印

随遇可自适，要不如乡居①。宁必入山深，始能得所娱。今晨会无事，驾言来西湖。四山政过雨②，青翠沾衣裾。一奁春水活，荡漾靴纹疏③。忽惊波面响，泼剌飞双鱼④。天然管与弦，鸟声上下呼。时值生徒散，喜与儿女俱。坐久觉稍倦，槛外立须臾。邻妇见我来，挈儿更呼夫⑤。生计不缝纫，辛苦惟耰锄⑥。始悟南与北，风气绝相殊。见我尊无酒，命儿贷村酤⑦。又见食无肉，命夫分社猪⑧。情意颇殷挚，言语宁嫌粗。倏忽暝色来，匆匆将升舆。尚问湖蟹美，十月能来无？

注释

①要：总之。②政：即"正"。③奁(lián)：匣子；此处用为容量单位，指一池。靴纹：原指脸上皱纹；宋欧阳修《归田录》："田元均为人宽厚长者，其在三司，深厌干请者，虽不能从，然不欲峻拒之，每温颜强笑以遣之。尝谓人曰：'作三司使数年，强笑多矣，直笑得面似靴皮。'士大夫闻者传以为笑，然皆服其德量也。"此处转指波纹。④泼剌(là)：形容鱼跳跃的声音。唐卢纶《书情上大尹十兄》诗："海鳞方泼剌，云翼暂徘徊。"⑤挈(qiè)：用手拉着。⑥耰(yōu)：古代平土工具；此处指务农。⑦尊：酒杯。村酤(gū)：农村所制的酒。⑧社猪：祭祀的猪肉。

解说

作者张印，字月潭，陕西潼关人。山东巡抚张澧的中女，陕西布政使林寿图的继室。活动于道光年间（1821~1850）。

这首五言古诗,是一首纪事诗,叙述教学之余,在西湖休闲时遇见邻友的过程。张印作为一个北方女子,来到杭州教私塾,在散学之后,带着儿女去游西湖,得到相邻农家主妇的热情招待,当时就叫她儿子出去借酒,又让她丈夫将家里祭祀的猪肉割来做菜,一直相留到晚;临别时还殷殷邀约,十月份螃蟹肥时再来。诗中谈到南方妇女的劳苦,还得下田劳动,不像北方人在家专事缝纫。全诗叙事细密,风土人情,跃然纸上。

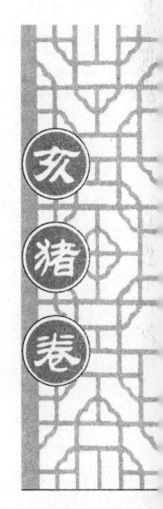

古代涉猪词曲

莺啼序·重过金陵 宋·汪元量

金陵故都最好①,有朱楼迢递②。嗟倦客、又此凭高③,槛外已少佳致④。更落尽梨花,飞尽杨花,春也成憔悴。问青山、三国英雄,六朝奇伟⑤。　麦甸葵丘,荒台败垒。鹿豕衔枯荠⑥。正潮打孤城⑦,寂寞斜阳影里。听楼头、哀笳怨角⑧,未把酒、愁心先醉。渐夜深,月满秦淮⑨,烟笼寒水。　凄凄惨惨,冷冷清清,灯火渡头市⑩。慨商女不知兴废。隔江犹唱庭花,余音亹亹⑪。伤心千古,泪痕如洗。乌衣巷口青芜路⑫,认依稀、王谢旧邻里。临春结绮⑬,可怜红粉成灰,萧索白杨风起。　因思畴昔,铁索千寻⑭,漫沉江底。挥羽扇、障西尘,便好角巾私第⑮。清谈到底成何事⑯。回首新亭⑰,风景今如此。楚囚对泣何时已⑱。叹人间、今古真儿戏。东风岁岁还来,吹入钟山⑲,几重苍翠。

注　释

①金陵:古邑名,今南京市。战国楚威王七年(前333)灭越后,在今南

京市清凉山（石城山）设金陵邑。古南京别号金陵。南朝齐谢朓《鼓吹曲·入朝曲》："江南佳丽地，金陵帝王州。"故都：金陵曾为孙吴、东晋、南朝宋、齐、梁、陈之国都，故亦有六朝故都之称。朱楼：红楼，豪华秀美之楼。《后汉书·冯衍传下》："伏朱楼而四望兮，采三秀之华英。"②迢递：高峻。晋陶潜《读〈山海经〉》诗之三："迢递槐江岭，是为玄圃丘。"③凭高：登高。唐李白《天台晓望》诗："凭高远登览，直下见溟渤。"④佳致：美景逸情。宋柳永《剔银灯》词："如斯佳致，早晚是、读书天气。"⑤六朝：见前注。奇伟：奇特伟岸，多用于形容人。《史记·留侯世家论》："余以为其人计魁梧奇伟，至见其图，状貌如妇人好女。"此指六朝之英伟杰出人物。⑥豕（shǐ）：猪。荠：荠菜，二年生草本植物，花白色，茎叶嫩时可以吃，全草入药。⑦潮打孤城：用唐刘禹锡《石头城》"山围故国周遭在，浪打空城寂寞回"诗意。⑧哀笳：悲凉凄切之笳声。北朝北周庾信《奉报赵王出师在道赐诗》："哀笳关塞曲，嘶马别离声。"⑨秦淮：水名，即秦淮河，流经南京，为南京名胜之一。传秦始皇南巡至龙藏浦，发现有王气，于是凿方山，断长垄为渎入于江，以泄王气，故名秦淮。⑩渡头：渡口。商女：卖笑歌女。⑪亹亹（wěi）：余音缭绕不绝。⑫乌衣巷：古金陵地名，在今南京市秦淮河南。三国吴时在此置乌衣营，以士兵着乌衣而得名。东晋时王、谢等望族居此，因著名。南朝宋刘义庆《世说新语·雅量》："有往来者云：'庾公有东下意。'或谓王公曰：'可潜稍严，以备不虞。'王公曰：'我与元规虽俱王臣，本怀布衣之好。若其欲来，吾角巾径还乌衣，何所稍严？'"庾指庾亮，字元规，其令温峤"无过雷池一步"已为成语；王指王导，字茂弘，皆东晋重臣。二人在东晋朝堂，相争不已。青芜：杂草丛生之处。唐杜甫《徐步》诗："整履步青芜，荒庭日欲晡。"⑬临春、结绮：为南朝陈后主所建豪华楼台之二，后主与张丽华等宠姬、幸臣歌舞燕乐于此。⑭畴昔：从前，往日。《礼记·檀弓》："于畴昔之夜，梦坐奠于两楹之间。"铁索千寻：用西晋王濬灭吴时事，吴主孙皓以铁索千寻横江，欲阻晋军攻城。⑮角巾：有棱角之头巾，古隐士所戴之冠冕。《晋书·王导传》："则如君言，元规若来，吾便角巾还第，复何惧哉！"⑯清谈：指魏晋间玄学成风，崇尚清谈，终误国事。⑰新亭：晋室东迁时事。南朝宋刘义庆《世说新语·言语》："过江诸人，每至美日，辄相邀新亭，藉卉饮宴。周侯中坐而叹曰：'风景不殊，正自有山河之异！'皆相视流泪。唯王丞相愀然变色

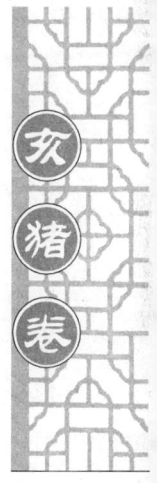

曰：'当共戮力王室，克复神州，何至作楚囚相对！'"⑱楚囚：本指春秋时被俘到晋国的楚国人钟仪；后来借指被囚禁的人，或比喻处境窘迫、无计可施。⑲钟山：紫金山。在南京市东北。三国吴孙权避祖讳，曾更名蒋山。至宋代复古名钟山。

解说

作者汪元量（1241~1317），字大有，号水云。钱塘（今浙江杭州）人。宋咸淳三年（1267）曾任宫廷琴师。元初成为南宋遗民，后为道士。

词牌"莺啼序"，又名"丰乐楼"。是词中长调，共有四叠，240字。第一段8句49字，二段10句51字，三段14句71字，四段14句69字，每段各为四仄韵。作者为南宋遗民，词题为"重过金陵"。面对旧日山河，不禁兴怀古悼亡之思。其第一句"金陵故都最好"，横空而出，道尽对故国之几多思念，对亡国之几多无奈。虽江山模样无差，朱楼迢递依旧，而人已成先朝遗民，天涯倦客，再次登高，槛外已是异代河山，再也找不到当日佳境，当年情致。金陵故地，正是三国英雄斗智斗勇之处，六朝奇伟发扬蹈厉之场，面对龙盘虎踞之青山，不禁兴英雄何在之问。第二段则是兵燹后之满目疮痍。麦甸葵丘，荒台败垒，鹿豕衔枯茅的景象。看到的是潮打孤城，听到的是悲笳怨角，月满秦淮，烟笼寒水，不禁浩叹，昔日繁华，而今安在！第三段则写石头近景，追怀千古前尘，灯火渡头，一派凄清，乌衣巷口，一片萧瑟，临春结绮，红粉成灰。只有秦淮商女，依旧娓娓唱后庭遗曲，令人伤心千古，泪痕如洗。第四段抚今思昔，千古兴亡，有天时也有人谋。铁锁沉江，清谈误国，新亭对泣。岂止东晋过江诸人？千年往事，弹指一挥，回首往古，真同儿戏。然而，人事虽非，江山却依旧，自然规律却依旧，不因宋之亡、元之兴而改变。东风岁岁还来，吹入钟山，又会添得几重苍翠。虽怀旧悼亡，但不沉溺于哀叹，也有自我振作之意。

词中提到猪的地方只有一句。词中第二段描写战乱时代，城镇处处荒凉破败，猪也到处流浪，与鹿在一起啃吃焦枯的野茅。作者故地重游，往事不堪回首，抚今追昔，留下多少国亡家破的遗恨。

（何焱林补注）

西游记·二郎收猪八戒（摘录）　元·杨景贤

第四本【第十三折】妖猪幻惑

（猪八戒上，云）自离天门到下方，只身惟恨少糟糠①。神通若使些儿个，三界神祇恼得忙②。某乃摩利支天部下御车将军③。生于亥地，长自乾宫④。搭琅地盗了金铃，支楞地顿开金锁⑤。潜藏在黑风洞里，隐显在白雾坡前。生得喙长项阔，蹄硬鬣刚⑥。得天地之精华，秉山川之秀丽，在此积年矣，自号黑风大王，左右前后，无敢争者。近日山西南五十里裴家庄，有一女子，许配北山朱太公之子为妻。其子家贫，裴公欲悔亲事。此女夜夜焚香祷告，愿与朱郎相见。那小厮胆小不敢去。我今夜化做朱郎，去赴期约，就取在洞中为妻子，岂不美乎？只为巫山有云雨，故将幽梦恼襄王⑦。（下）

（裴女引梅香上，云）妾身裴太公之女，小字海棠，自幼许配朱太公之子为妻。他家贫了，俺家父亲，待悔了亲事，因此俺两情未已。梅香，你与我将这一封书去，对那生言道：我为他夜夜烧香花园里，等着他来厮见，说一句话咱。

（梅香云）怕太公知道，连累我。

（裴女云）不妨事。

（梅香下）

……

（猪云）小姐拜揖。

（裴女唱）我见你须臾上礼有蹊跷⑧，我这里囫囵吞个枣不知酸淡。足下是谁？

（猪云）小生朱太公之子。往常时白白净净一个人，为烦恼娘子呵，黑干消瘦了。想当日汉司马、唐崔护⑨，都曾害这般的症候，《通鉴》书史都收。

亥猪卷

......

(猪云)小姐,就在四望亭,我着家人般将酒果来,和小姐叙见许之情。(做般酒果上科)

(猪云)小姐,花轿都将在此,我和娘子去咱。

......

(唐僧一行人上,云)善哉!善哉!自从离了红孩儿之难,行经月余,前面又是一座高山,侵云接汉⑩,不知是甚么山?

(行者云)师父,这是火轮金鼎国界⑪,正是徒弟丈人家里。此间妖怪极多,师父并不要闲管。兀那山下一座大林,林下黑沉沉一所庄院。我们到那里歇去。(下)

【第十四折】海棠传耗

(裴女上,云)自从那日着简书去约朱生,谁想被这妖魔化作朱生模样,将我摄在这里。千山万壑,不知是那里。这厮五更出去,直至夜方回。每日有邻家女子相陪,想必也是妖精。我也怕不得偌多⑫,但不知几时见俺父母、丈夫?又不知俺父母、丈夫,这其间若何也呵!(唱)【中吕】【粉蝶儿】良夜沉沉,乱山深又无钟禁⑬。我又不曾听司马瑶琴⑭,莽相如腌才料,配得来忒共⑮。映着这树影山阴,冷清清似一池水浸。

......

(猪上,云)自从摄将这女子来,他两家打官司。打不打不干我事,每夜快活受用。今日回得晚了,怕小娘子怪。姐姐,小人回了也。

(裴女云)今日夜深也,着我等你多时也呵。

......

(猪云)小妮子们为甚不服事娘子?

(裴女云)他们也等你多时也。【幺】他每点上绛蜡⑯,铺着绣衾。等到咱来。斟将酒至,盼得君临。(猪云)此间小洞中,索是定害娘子⑰。

（裴女唱）我不曾志意缝联，殷勤妆洗，存心织纴⑱。（猪云）人对我说，他们不服事你，待我责罚这厮们。（裴女唱）你可也休听人恁般谗谮⑲。（猪云）将酒来，我和姐姐饮数杯。你丈夫姓朱，我也姓朱，你是好花一朵，伴我槠木两株。（笑科）你思量父母么？

（裴女云）爷娘如何不想？

【乔捉蛇】展眼略为欢，开怀且自饮，一家一计自相寻。（猪云）我如今置着衣服首饰，办着礼物，着你家去走一遭。（裴女唱）缠头锦⑳，买笑金，全不要恁。但能勾见爷娘一面也叨你福荫。

（行者上，云）师父，在这庄上歇了。我心中闷倦，这座山不知有多少高，待我去量一量。（上山科）好高山，好明月。我且阿一堆尿。兀那黑汉子，在山半腰里，伴着个人，又是妖物，我且听他说甚么。

（猪云）姐姐，你唱一个，我吃酒。

（行者云）这厮到受用似我。

（裴女云）尊神，着我唱甚么？

（猪云）唱个《念奴娇》。

（行者云）《念奴娇》？我着你吃我一个大石头。（做打，猪跌下科）

（裴女唱）【十二月】这声响似春雷降临，火炮相侵，惊得冰肌凛凛，冷汗浸浸。不见了宋玉多才的翰林，撇下这巫娥美貌难禁㉑。

【尧民歌】露华凉罗袜湿浸浸，唬得我霞脸赤浑身上下颤兢兢。（行者做下山科，云）小娘子，见我么？（裴女唱）走了那黑容仪，换上这脸黄金，抵多少死，却钟期遇知音㉒。难尽恁，风流两个心，不似俺鳏寡孤独甚。

（行者云）小娘子，你那丈夫好丑脸。

（裴女背云）则你也不可觑者。

（行者云）你也是妖怪？

（裴女云）妾身是黑风山西裴太公的女孩儿，小字海棠，许配与山南村朱太公家为儿妇。为俺公婆家贫，俺父亲欲待悔亲。妾身每夜

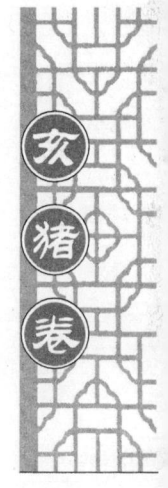

烧香告天，愿朱郎早得相见。不想被这妖魔化作朱生模样，将妾摄在此洞，不得见父母颜面。告尊神可怜。

（行者云）我非神，我乃是大唐三藏国师上足徒弟，孙悟空是也。这厮是甚妖魔？（裴女云）他常自称魔利支天御车将军，又号黑风大王，诸佛不怕，只怕二郎细犬㉓。（行者云）我今日经恁家过㉔，我与你寄一个信，何如？

（裴女云）如此，是师兄慈悲咱。小的每待写书，纸笔又没。师兄，则恁的寄口信，又恐无凭。小的有手帕，是俺父亲与我的。他若见这手帕呵，便信是实。

（行者云）将来揣在怀里。

（裴女云）记心咱。

【般涉调】【耍孩儿】把衷情一一都说与恁，全在仗义师兄用心，家音是必莫埋沉。（行者云）你家在那里？（裴女唱）在黑风山西北跟寻，俺门前两行槐杨影，院后一丛桑柘阴㉕。（行者云）你父亲如何？（裴女唱）俺家尊四海性无拘禁，有待传书之酒，有赠路费之金。如今不见了妾身，梅香说道：是朱生和妾身走了也。两亲家正闹哩！【煞】不知俺家告着他，他家告着俺？哥哥回去除了铁窨㉖。（行者云）你父母好善么？（裴女唱）俺爷平生好善常存性，俺娘从小看经不出音。抬举得我如花锦，今日猪生狗活，兔扰狐侵。师父，是必志诚者！

（行者云）放心，明日便着你家知道你消息。

注 释

①糟糠：喻妻室。②些儿：少量，一些，一点儿。宋陈亮《祝英台近·九月一日寿俞德载》词："世间万宝都成，些儿无欠，只待与黄花为地。"三界：释家指众生轮回的欲界、色界和无色界。见《俱舍论·世分别品》。晋慧远《沙门不敬王者论·求宗不顺化》："三界流动，以罪苦为场。化尽则因缘永息，流动则受苦无穷。"今人往往以天地人为三界。③摩利支天：梵文 Marici 的音译，

意为"光""阳焰"之天灵,一译作提婆;具隐形神通,能救人于厄难。其造像为一天女形象,手执莲花,头顶宝塔,坐在金色猪身上,环绕一群猪。佛教说此天威力极大,道教演化为斗母元君,上管三十六天罡星,下管七十二地煞星。御车:驾驭车辆。④玄地:西北偏北地区。《海内十州记》:"昆仑号曰崑崚,在西海之戌地,北海之玄地。"乾宫:天宫。⑤搭琅、支楞:物体碰撞与金属断裂之声。⑥喙:鸟兽或其他动物之嘴。鬣(liè):马、猪、狮等动物颈上长毛。鬣刚:鬣毛很硬。猪八戒又名猪刚鬣即从此得名。⑦巫山有云雨:一般作男女欢爱之隐喻。典出战国楚宋玉《高唐赋》序:"昔者先王尝游高唐,怠而昼寝,梦见一妇人,曰:'妾巫山之女也,为高唐之客,闻君游高唐,愿荐枕席。'王因幸之。去而辞曰:'妾在巫山之阳,高丘之岨(jū)(按此字《康熙字典》读阻),旦为朝云,暮为行雨,朝朝暮暮,阳台之下。'"先王,一作楚怀王,一作楚襄王。此曲即作楚襄王。传赤帝之季女曰瑶姬,未行而亡,葬于巫山之阳,封于巫山之台。是为巫山神女。⑧须臾:瞬间,片刻,一会儿。《荀子·劝学》:"吾尝终日而思矣,不如须臾之所学也。"⑨汉司马:指司马相如与卓文君故事。唐崔护:崔护有《题都城南庄》诗:"去年今日此门中,人面桃花相映红。人面不知何处去,桃花依旧笑春风。"所谓人面桃花故事。此处喻相思病。⑩侵云接汉:侵入云霄,迫近银汉;形容山高。⑪火轮金鼎国:臆造之国度。⑫偌(ruò):那么、这么。⑬钟禁:更钟禁鼓。⑭瑶琴:玉饰之琴,亦琴之美称。南朝宋鲍照《拟古》诗之七:"明镜尘匣中,瑶琴生网罗。"⑮腌(ā)才料:腌即腌臜(ā zā)之省,才料即材料,腌才料即肮脏家伙。西南官话读腌臜为(wā zuā),现已渐从方言中消失。忒共:元人口语,全坏、差极。⑯每:人称复数词尾,通同今之们,元人口语。他每即他们。下仿此。绛蜡:红蜡烛。⑰索是:真是、甚是。⑱三句指梳妆、洗涮及女红。⑲谮谮(zèn):恶语中伤。晋袁宏《后汉纪·灵帝纪上》:"中常侍曹节、张谏、王甫等因宠乘势,贼害忠良,谮谮故大将军窦武、太傅陈蕃,虚遭无形之衅(xìn),被以滔天之罪。"衅为罪过。⑳缠头锦:用于缠头之罗锦,古艺伎演毕,客人赠艺人的锦帛,后作为送给艺人礼物之通称,此指买笑银子。㉑巫娥:巫山神女,亦泛称美女。用宋玉高唐赋故事。唐杜牧《柳》诗:"巫娥庙里低含雨,宋玉宅前斜带风。"㉒钟期:钟子期之省,此用钟子期、俞伯牙知音相与之故事。㉓二郎细犬:神话中二郎神之哮天犬。㉔恁(nín):古同

亥猪卷

您。㉕桑柘（zhè）：桑树与柘树，泛指农事或农庄。《礼记·月令》："（季春之月）命野虞无伐桑柘，鸣鸠拂其羽，戴胜降于桑。"㉖铁窨（xūn）：元人方言，困惑、迷惘。

【第十五折】导女还裴

（裴太公上，云）白发双双绝子孙，只图有女嫁比邻。可怜已作桑间妇①，落日深山哭倚门。老汉裴太公是也。俺两口儿，止生一个女孩儿，年方一十八岁，小名唤做海棠。自小许配朱太公的孩儿，为他家贫乏了，我两口不肯与他。梅香报道，他孩儿拐了俺女孩儿去了。赶他们去，那小厮又在他家。看他家动静，又不见那厮是拐了俺孩儿的模样。我说道：女孩儿吃你家孩儿拐了。朱家那老子和婆子闹起来，道俺家嫁了他儿媳妇也。众亲眷劝散了，着去寻觅。他这几日必然要告官。今日敢待来也②。

（朱太公引小儿上，云）万贯家财一旦休，有儿尽可慰穷愁。谁知世态炎凉甚，夙世姻缘变作仇③。老汉朱太公是也。我已先有钱来，天火烧了家缘家计④，如今穷了。这里大户裴太公家，一个女孩儿，年一十八岁，生得十分有颜色，自小里割衫襟为定⑤，家里做媳妇。这老子见俺家贫，便来买休⑥，悔这一桩亲事，我两口儿不肯。他前日走来，道俺孩儿拐了他女儿。那老子必定将我媳妇儿嫁与别人了。怎肯干罢？他这几日跟寻不着，今日好共歹，我和他见官去者。（做见科）你还我儿媳妇来。

（裴云）你还我女孩儿来。（做揪科）我和你告官去咱。（做行科）

（唐僧一行人上，云）今日来至黑风山，见一簇人闹，为甚么来？

（朱太公云）师父，老汉姓朱，止生这个孩儿，自小与裴太公女儿，割衫襟为定。谁知运蹇，天火烧了家缘家计，穷了。这老子便生悔心，我两口儿坚执不肯。他前日走将来，道我孩儿拐了他女儿。那老儿必定将我儿媳妇，嫁与别人了。我今日和他去见官哩。

（唐僧云）善哉！善哉！有如此事？

(行者云)兀那老儿，你姓裴？

(裴云)我姓裴。

(行者云)你休闹，你休闹。要你的女儿，当来问我。你的女儿，不长不短，生得大有颜色，小名唤作海棠。是么？

(唐僧云)你这胡孙，又惹事了。你怎么知道？

(行者云)休问我知道不知道，有一个小曲儿，唤做"朝天子"。

【中吕】【朝天子】老裴，听启，我一一言详细。朱家儿子是他的女婿，未能勾成佳配⑦。一个为有家财，一个因无家计，被妖魔摄在洞里。(裴太公云)哥哥，你怎得知道？你问我，怎知，就里？且莫要左右打睚⑧，则这一个手帕儿是何人的？(裴老做哭科，云)正是俺孩儿的。哥哥，你那里见他来？

(唐僧云)行者，你如何得知来？

(行者云)听弟子细说一遍：老裴，俺师父是大唐三藏国师，欲往西天取经，夜来至一庄院借宿。师父睡了，我睡不着，山上去闲看。则见半山腰，有一人光纱帽子黑面皮，抱着个女子饮酒，着那女子唱《念奴娇》。我看了，扳起一块大石，调打下去，一声响亮，不见了那厮。则见一个女子，言称我是裴太公的女儿，小字海棠，许朱太公家为儿妇，我爷娘不肯。我每夜烧香祷告，忽见朱郎来，言道我家贫，特来取你来。却被此妖魔化作朱生模样，将我摄在此间。你与我寄个家信去者。我道将甚么为信？他便与了我这个手帕。从头一一都道，恁孩儿便知着落。他吃妖魔残破城池，你两个是（亲）家刷闹⑨。

(裴老云)请师父到俺家里商议。(做到家科)哥哥，不知是甚么妖魔？

(行者云)山神土地安在？

(土地上，云)师父稽首。

(唐僧云)土地，兀那裴太公的女儿，是何妖怪摄去？

（土地云）小圣亦然不知。当年八月十五夜，则见在黑松林内，现出本像，蹄高八尺，身长一丈。仔细看来，是个大猪模样。

（行者云）想是个猪精？我去料持他⑩。

（土地云）行者，索用机谋，休要胆大心粗。耐何得亲自下手，耐何不得呵，索寻后巷王屠。

（唐僧云）行者，你须要小心在意者。（下）

（裴女上，云）昨夜吃了那一惊，今日身子不快活。那行者说与我寄书，知他何如？朱郎出去，从早至今未回。几个女伴相陪，安排下果桌，等朱郎来。好一派山景也呵。

……

（唐僧、裴、朱一行人上，云）孙悟空久不见来，此时想必到也？

（行者引裴女上，云）小娘子来到恁家里了。（做见哭科）（裴女唱）【倘秀才】山洞取消磨了粉颜，草堂上流干了泪眼。谢师父与我鞭梢一指间，好着我松宝钏⑪，淡眉山⑫，裙腰儿划旋⑬。（唐僧云）亲家都来相见者。

（行者云）兀那女子，不知摄你者是何妖怪？

（裴女云）妾也不知，但醉后则说，他怕二郎细犬。

（行者云）我问土地，他说是猪精。龙君、沙和尚，同师父在庄上住，我去拿那妖怪。但不知他法力如何。我降得，便自降他；降不得，直至普陀，告观世音，差二郎来收他，绝了你两家后患。

（裴、朱二老云）重生父母，再长爹娘。

（唐僧云）吾弟用心。慈悲大展方成道，嗜欲休贪是出家。小心在意，疾去早回。（行者下）

（唐僧云）你两个老的，择个好日子，着儿女合配了者。

（裴、朱云）谨依法旨。（裴女唱）【滚绣球】我今日得救还，草舍间，免了些短吁长叹，使爷娘儿女心安。托赖着师父的恩，行者儇⑭，救得我百余无难。急回来春事阑珊，残花落尽胭脂色，绿叶阴成翡翠班（斑），柱在尘寰。【尾】早则不乔林莺去歌声慢，宝鉴鸾孤舞影单⑮。子父团圆喜无限，夫妻遂合各为难⑯。感谢吾师端的是世间罕。(下)(裴老云)且留师父歇一宵，明日早行。(下)

(猪上，云)叵耐裴老无礼⑰，将我浑家取归家去了。他分付着我来他家做女婿，我寻思来，也好，强如洞里茶饭不便当。只就今日我到他家去走一遭。(下)

(裴老上，云)昨日孙悟空去拿猪精，尚未回来。我且在此等候者。

(行者上，云)我去拿那个猪，谁想他不在洞里。今日直在裴公庄上等他，定个计策。他敢自来也。(做见说科)(行者云)将你女孩儿别处安顿了，我却穿了他的衣裳，在他房里坐。那魔军来时，你着他入房来，我料持他。(做入房科)

(裴老云)远远望见一个黑汉子，敢是那猪来也。

(猪上做见科)

(裴云)你是谁？

(猪云)我是你女婿，怎不认得我？

(裴云)少吃你会亲茶饭⑱，故不认得你。

(猪云)丈人，我的娘子卧房在那里？

(裴云)这是小姐卧房，你请入去。(裴下)

(猪做入，见酒果灯烛科，云)姐姐，你等我同来家，便先来了。(做摸科)呀！好粗腿也。

【第十六折】细犬擒猪

(二郎唱)

【金蕉叶】正待要扫筝擘阮⑲，忽受取观音差遣。西天路妖魔万千，保护着唐僧庶免⑳。叫神将，你与我紧把住洞口，看那妖怪甚么面目？【调笑令】来到这洞边，叫声喧，休猜做落日山空啼杜鹃，天兵布得山川遍。(行者云)上圣,这厮神通广大,神力周全。(二郎唱)孙行者说言在驷马之前㉑,你道他神通广大自专,则好深山里唬地瞒天。

(猪内做惊科)【秃厮儿】云气重天兵顿显,雾风狂天地相连,黄风从地卷。休迟滞,莫俄延,相缠。(猪跳出,做见科,云)二郎神,我与你有甚冤仇,你来拿我?

(二郎云)兀那魔军,我奉观音法旨,特来拿你。你若真心皈依我佛,与你拜告观世音,着你也成正果。若不皈依,着你死于细犬口中。

(猪云)别人怕你,偏我不怕你。

(二郎唱)【圣药王】嘴脸似黑炭团,部从似火肉然㉒,休猜做玉簪珠履客三千㉓,一壁厢画角鸣,一壁厢锣鼓喧,休猜做笙歌引至画堂前,一片怪胆大如天。(行者云)那猪精,你敢与我相持么?(猪云)怕甚么赌斗?(做斗科)

(二郎唱)【麻郎儿】郭压直威风不展㉔,孙行者筋力俱弛。斗到三千合精神越显,泼妖物小圣也难辨。左右神将,快将细犬,咬那魔军。(做斗科)

【幺】便遣,快牵,细犬,见本相直奔跟前。黑面郎心惊胆颤,逃命走洞门难恋。(做猪逃、犬赶科)【拙鲁速】这犬展草力应全㉕,护家志当虔。御贼的性坚,吠形的意专。顾兔逐狐那轻健,忒伶俐个容他宽转,(犬做咬住科)则一口咬番在坡岸前㉖。(左右绑科)

(放唐僧上,做谢科)

(唐僧云)上告二郎大圣,出家人以慈悲为念,救物为心。望神圣看佛天三宝之面㉗,饶这魔军,与弟子护法者。

(二郎唱)【幺】泼妖魔,世不然,告吾师,煞可怜。你若是肯放心愿,跟后趋前,莫生狂颠,一性参禅,将你那害生灵的冤孽免。

注释

①桑间妇：桑间即桑间濮上之省，为古时男女幽聚之所。《汉书·地理志下》："卫地有桑间濮上之阻，男女亦亟聚会，声色生焉。"此处指其女非明媒正娶，而与人私奔。②敢待：元人口语，立马，将要。③凤世：前世，前生，天赐。《宣和画谱·李得柔》："得柔幼喜读书，工诗文，至于丹青之技，不学而能，益验其凤世之余习焉。"凤世姻缘：前世姻缘，上天注定之缘分。④家缘：家业、家产。唐吕岩《沁园春》词之二："限到头来，不论贫富，着甚千忙日夜忧，劝年少，把家缘弃了，海上来游。"家计：家庭生计。⑤割衫襟：古时有割襟之盟，即指腹为婚时，割下衣襟，作为盟证。《元史·刑法志二·户婚》："诸男女议婚，有以指腹割衿为定婚者，禁之。"⑥买休：用钱买人休妻，此为悔婚。⑦能勾：勾同够，能勾即能够。⑧打䏶（suō）：斜眼看人或物。⑨残破城池：被男人占有身体的委婉说法。刷闹：口语，争吵。⑩料持：料理、整治。⑪松宝钏：松此处是动词，即松下。钏是用金或玉做成之手镯。南朝梁简文帝《拟落日窗中坐》诗："开函脱宝钏，向镜理钗巾。"⑫眉山：女子之美眉。《西京杂记》卷二："(卓)文君姣好，眉色如望远山。"⑬裙腰：裙上紧系腰间处。《南史·齐鱼复侯子响传》："子响密作启数纸，藏妃王氏裙腰中，具自申明。"⑭儇（xuān）：机智敏捷。⑮宝鉴：镜之美称。鸾孤：《太平御览》卷九一六引南朝宋范泰《鸾鸟诗》序："昔罽（jì）宾王结罝峻祁之山，获一鸾鸟，王甚爱之，欲其鸣而不致也。乃饰以金樊，飨以珍羞。对之逾戚，三年不鸣。夫人曰：'闻鸟见其类而后鸣，何不县镜以映之！'王从言。鸾睹影感契，慨焉悲鸣，哀响中霄，一奋而绝。"⑯逑合：夫妻匹配。逑：配偶。《诗·周南·关雎》："窈窕淑女,君子好逑。"⑰叵耐：不可忍耐，可恨。《敦煌曲子词·鹊踏枝》："叵耐灵鹊多漫语，送喜何曾有凭据。"⑱会亲茶饭：指拜见岳丈时请吃的茶饭。⑲扫筝擘（bò）阮：扫除筝上灰尘。擘阮：拨弦弹琴。阮即古代乐器阮咸之省称，为琵琶之一种。四弦有柱，形似月琴。传西晋阮咸善弹此乐器，因而得名。现也有三弦阮。⑳庶免：庶几免于。㉑驷马之前：用一言既出，驷马难追意。意为行者说错了话，夸大了猪八戒之神通。㉒部从：部属，二郎神所统之兵将。火肉燃：火肉本指火腿，此指部从如肉投般迅速燃烧，而怒火中烧。㉓玉簪：以玉为簪，一名玉搔头。珠履：珠宝缀

亥猪卷

159

履。《史记·春申君列传》:"春申君客三千余人,其上客皆蹑珠履。"玉簪珠履:表示斯文富贵。客三千:用春秋春申君养客三千故事。㉔郭压直:二郎神部将。㉕展草:报恩。《搜神后记》卷九:"广陵人杨生,养狗一,甚怜爱之,行止与俱。后生饮酒醉,行大泽草中,眠不能动。时方冬月,燎原,风势极盛。狗乃周章号唤,生醉不觉。前有一坑水,狗便走往水中,还以身洒生左右草上,如此数次,周旋跬步,草皆沾湿,火至免焚,生醒方见之。"㉖番:义同翻。《杜甫诗》:"会须上番看成竹。"㉗三宝:释家以佛、法、僧为三宝。

第六本【第二十二折】参佛取经

(行者云)领法旨,我递,猪八戒、沙和尚接。《金刚经》《心经》《莲花经》《楞伽经》《馒头粉汤经》。

(给孤唱①)

【仙吕】【后庭花】异香生七宝莲,彩云迷双凤辇②。教阐僧知法,宗分律禅③。意虔虔,疾般经卷④。韵幽幽猿声在老树颠。响珰珰铃声在古殿前。喜孜孜师徒得变迁,闹垓垓神天每想顾恋⑤。

【青哥儿】急煎煎喜得恁师徒、师徒每康健,大慈悲无量无边,佛法东行自有缘。五色云缠,十万余言。白马亲牵,装载东迁。昼夜兼行驾云轩,着恁唐皇见。

孙悟空、猪八戒、沙和尚,佛敕恁在此成正果,着基、光、昉、测四人⑥,送唐僧回中国,至长安阐教⑦。

【商调】【浪来里煞】经文要阐扬,佛法要通变。四天王八菩萨尽周全⑧,到长安七日功行圆。天随人愿,早来至龙华会上饱参禅⑨。(下)

(大权云)玄奘,我佛法旨,经文到处,着我随所守护,沿路上我当保障你直到中原,诸寺但有经藏处⑩,即有小圣。经藏吾神有大权,守经护法到中原。有经藏处休无我,永受香烟万万年。(下)

(沙和尚云)徒弟从师父数年,今日我正果。玉皇阁下寄前身,罪贬流沙要食人。今日东来闻妙法,水光山色一般新。(下)

(行者云)弟子功行也到，今日辞了师父圆寂。花果山中千万春，西天路上受艰辛。今朝收拾平生事，来作龙华会上人。(下)

(猪八戒云)弟子也辞师父，朝天去也。猪八戒自幼决断，一路将师相伴。圆寂时砍下头来，连尾巴则卖五贯。(下)

(唐僧云)三个徒弟都圆寂了⑪，贫僧与他作把火。四个西行一个归，三个解脱是和非。老僧独往中原去，急急回来采紫薇⑫。咦！绝怜孙悟空，神通真个有。东土中脱却轮回⑬，西天路番个筋斗。念沙和尚，有像作无像⑭。喉中三寸元阳⑮，胸中一点灵光⑯。好个猪八戒，神通世间大，已得除新害。既有成必有败，阴阳剥始消除快。有心我你不能安，无念大家得自在⑰。咄！是非场上进将去，人我池中跳出来。且喜三人俱得正果了⑱，不免随着基、光、昉、测便往中原去来。

注释

①给孤：给孤独之省，古中印度憍（jiāo）萨罗国舍卫城豪商，性慈善，好施孤独，故得此名。也称给孤独长者。唐玄奘《大唐西域记·室罗伐悉底国》："善施长者，仁而聪敏，积而能散，拯乏济贫，哀孤恤老，时美其德，号给孤独焉。"并以重金购得祇陀太子园林，为佛说法地。此以其为佛前执事。②七宝：七种珍宝。释家语，其说不一。《法华经》以金、银、琉璃、砗磲（chē qú）、玛瑙、真珠、玫瑰为七宝；《无量寿经》以金、银、琉璃、珊瑚、琥珀、砗磲、玛瑙为七宝；《大阿弥陀经》以黄金、白银、水晶、瑠璃、珊瑚、琥珀、砗磲为七宝；《恒水经》以白银、黄金、珊瑚、白珠、砗磲、明月珠、摩尼珠为七宝。凤辇：豪华车驾。③律禅：律宗与禅宗之省称。律宗：我国汉传佛教宗派之一，唐释道宣所创，因其重在研习毗奈耶，即佛说之戒律，及严持戒律为主，谓戒律为佛教之根本，解脱之要道，故称。因其论据《四分律》，故亦称四分律宗，又因道宣晚年在终南山修持，又称南山宗。禅宗：一名佛心宗或心宗。大乘佛教在中国的一个宗派，以静虑与冥想作为超度法门。相传如来以心印付嘱迦叶为禅宗初祖。二十八传至达摩，来中国，为东土初祖。禅宗之名称始于唐代。由达摩而慧可、僧灿、道信，至第五世弘忍门下，

分成北方神秀的渐悟说和南方慧能的顿悟说两宗。但后世唯南方顿悟说盛行，主张不立文字之教，直指人心，顿悟成佛。禅宗兴起后，流行日广，影响及于宋明理学。④疾般：般通搬。《玉篇》："般，运也。"疾般即快搬。⑤闹垓垓：亦作闹咳咳。人声嘈杂貌，即闹哄哄。⑥基光昉测：即唐玄奘之四个弟子窥基、普光、神昉、新罗僧圆测等四人。从严格意义上讲，圆测非玄奘弟子，而是他的契友与同志。⑦阐教：一作阐校，章扬教义，教化。南朝宋谢灵运《宋武帝诔》："制规作训，阐校修经。"⑧四天王：佛教之护卫。佛经称帝释外将，分居于须弥山四埵，亦称护世四天王。东方持国天王(名多罗吒)，身白色，持琵琶；南方增长天王(名毗瑠璃)，身青色，执宝剑；西方广目天王(名毗留博叉)，身红色，执罥(juàn)索；北方多闻天王(名毗沙门)，身绿色，执宝叉。寺庙山门两旁多塑四天王像。俗称四大金刚。八菩萨：八菩萨之说多歧，佛教以观音、普贤、文殊、地藏王、灵吉、大势至、日光、月光为八菩萨。密宗以观世音、弥勒、虚空藏、金刚手、普贤、文殊师利、除盖障、地藏为八菩萨。⑨龙华会：佛教度人出世之法会。弥勒菩萨在龙华树下开法会三次济度世人，分初会、二会、三会。《祖庭事苑》："龙华树也，其树有华，华形如龙，故名龙华。经言当来弥勒于此树下说法度人，而有三会。初会先度释迦所未度者，次度其余，凡六十八亿人。第二会六十六亿。第三会六十四亿。故曰龙华三会。" 此处指诸人皆得正果，进入法界。⑩经藏：佛经之一种，与律藏、论藏合称三藏。《华严经·净行品》："自归于法，当愿众生，深入经藏，智慧如海。"贯：古用绳串铜钱，一贯为一千铜钱。连尾巴卖五贯，这是剧作家开玩笑的话。所谓圆寂，就是砍猪头，直至卖猪尾巴了账。⑪圆寂：梵语意译。音译作"般涅槃"或"涅槃"。意为诸德圆满，诸恶寂灭，为释家修行之最终目的，后称僧尼死为圆寂。唐义净《大宝积经》卷五六："我求圆寂，而除欲染。"唐李白《地藏菩萨赞》："焚荡淫怒痴，圆寂了见佛。"王琦注："贤首云：'德无不备称圆，障无不尽称寂。'"⑫紫薇：此处同紫微，唐开元元年改中书省为紫微省，中书舍人为紫微舍人。唐李嘉佑《和张舍人中书宿直》："汉主留才子，春城直紫微。"所谓采紫薇即唐僧回朝后作翻译佛经之事。⑬轮回：周而复始，运转不停。梵语意译，意为流转。佛教认为众生各依善因恶业，在天道、人道、阿修罗道、地狱道、饿鬼道、畜生道等六道中生死交替，有如车轮旋转不停。即六道轮回。《法华经·方便品》："以诸欲因缘，坠堕三恶道，轮回六趣中，备受诸苦毒。"⑭无象：《老子》："无象之象，是谓忽恍。"原说道之虚玄。后亦为释家所用。唐李华《润州鹤林寺故径山大师碑铭》："道行无迹，妙极无象：谓体性空，而本源清净；谓诸见灭，而觉照圆明。"谓沙和尚能得延之本义。⑮元阳：本指人体阳气即生气之根本，此说其呼吸。⑯灵光：释道指人之善根善性，在万念俱寂时，会发出光耀。唐吕岩《水龙吟》词："分明认得，灵光真趣，本来面目。此个幽微理，莫容易等闲分付。"无念：禅家语，谓心无妄念。唐白居易《对小潭寄远上人》诗："借问不流水，何如无念心。"⑰自在：释家谓心离烦恼，通达无碍。《百喻经·伎儿著戏罗刹服共相惊怖喻》："以我见故，流驰生死，烦恼所逐，不得自在。"⑱正果：释家谓修道有所证悟，谓之证果。与外道修炼所得有正邪之分，故曰正果。元伊世珍《琅嬛记·禅林实语上》："天女本来净，摩登嬷第一，今各成正果，净嬷无分别。"嬷：美好貌。

解 说

作者杨景贤，名暹，后改名讷，字景贤，一字景言；本蒙古人，上辈移居浙江钱塘。朱有炖《烟花梦引》言及京都乐妓蒋兰英时提到："钱塘杨讷为作传奇而深许之。"为元末明初戏曲家。明初贾仲明《录鬼簿续编》说杨景贤"善琵琶，好戏谑，乐府出人头地。锦阵花营，悠悠乐志。与余交五十年。永乐初，与舜民一般遇宠。后卒于金陵"。

作者所编《西游记》，描写唐僧取经惊险情节，已具有后来吴承恩同名小说的故事雏形，但故事内容多不同途。全剧共六本二十四出，结构庞大而完整，突破了元杂剧四折一楔的体例，成为元杂剧中最具特色之作。

这里摘录的段落中，所叙之猪八戒与小说《西游记》不尽一致。小说中猪八戒为天蓬元帅，在玉皇大帝手下当差，因调戏嫦娥被逐出天界；而剧中八戒则在释家摩利支天作属下，自己挣脱枷锁而逃下天界。其掳掠对象不是高小姐而是裴小姐。唐僧的三个弟子也不是回到西天成佛称尊，而是坐化圆寂，往龙华会上而去。这里还要提一点，《西游记》中之唐僧有四个弟子，即是孙、猪、沙、龙。在现实生活中之唐僧也有四个弟子，或者说三弟一友，那就是文中提到之基、光、昉、测，这四人知道者不多。而这四人，说不定正是《西游记》中唐僧四门徒的原型。《西游记》的结局更具大团圆的中国式传统归宿，也是人们喜闻乐见的归宿。杨景贤之作，无疑成为《西游记》创作之重要蓝本与素材。见得我国四大名著之前三部皆集思广益而成。

(何焱林注)

猪八戒自述（之一） 明·吴承恩

　　玉皇设宴会群仙，各分品级排班列①。敕封元帅管天河，总督水兵称宪节②。只因王母会蟠桃③，开宴瑶池邀众客④。那时酒醉意深沉，东倒西歪乱撒泼。逞雄撞入广寒宫⑤，风流仙子来相接⑥。见她容貌挟人魂，旧日凡心难得灭。全无上下失尊卑，扯住嫦娥要陪歇⑦。再三再四不依从，东躲西藏心不悦。色胆如天叫似雷，险些震倒天关阙⑧。纠察灵官奏玉皇⑨，那日吾当命运拙⑩。广寒围困不通风，进退无门难得脱。却被诸神拿住我，酒在心头还不怯。押赴灵霄见玉皇⑪，依律问成该处决。多亏太白李金星，出班俯首亲言说。改刑重责二千锤，肉绽皮开骨将折。放生遭贬出天关，福陵山下图家业⑫。我因有罪错投胎，俗名唤做猪刚鬣⑬。

注　释

　　①玉皇：玉皇大帝之省称。即昊天金阙至尊玉皇大帝，简称玉皇大帝或玉帝。原是光严妙乐国王子，后舍弃王位到普明秀岩山中修道功成，辅国救民，济度众生。又经历亿万劫才修成"玉皇大帝"。住在天上玉清境三元宫，是总管天上、人间一切祸福的尊神。为道教所崇奉。品级：古指官阶。周有命数，自一命至九命；汉有禄秩，自二千石至百石，凡十六等 (东汉为十三等)；魏立九品中正之制，为品级始。后魏复分正从九品，凡十八等。历代因之。其不入九品者，唐称流外，明清称未入流。宋陈亮《甲辰秋答朱元晦秘书书》："以品级论辈行，则涂穷之笑，岂可复为世人道哉！"朱元晦即朱熹。敕(chì)：皇帝诏令。②天河：即银河，云汉，一称河汉。《诗·大雅·云汉》"倬彼云汉"郑玄笺："云汉，谓天河也。"宪节：原为代表帝王巡察各地的高

级官员，如巡按、廉访使等风宪官所持的符节。宋岳珂《桯（tīng）史·瞿唐滟滪》："绍兴中，蜀士有喻汝砺者，持宪节来治于夔。"《元史·千奴传》："（千奴）前后七持宪节，刚正不挠。"引申为高级官员。③王母：传说中地位极高之女神，汉张衡《思玄赋》："聘王母于银台兮，羞玉芝以疗饥。"杜甫有诗："西望瑶池降王母，东来紫气满函关。"可见汉、唐时已有王母之说。西王母则见于《穆天子传》，其时在西周，当更早。《西游记》中之王母仿佛是玉皇大帝之仙眷。蟠桃：传说中之仙桃，三千年一结实。《论衡·订鬼》引《山海经》："沧海之中，有度朔之山，上有大桃木，其蟠屈三千里。"又《太平广记》卷三引《汉武内传》载："七月七日，西王母降，以仙桃四颗与帝。帝食辄收其核，王母问帝，帝曰：'欲种之。'王母曰：'此桃三千年一生实，中夏地薄，种之不生。'帝乃止。"④瑶池：传说中西王母所居地的池名。实为地名，如今之上莲池、下莲池、荷花池等。《史记·大宛列传论》："昆仑其高二千五百余里，日月所相避隐为光明也。其上有醴泉、瑶池。"《穆天子传》卷三："乙丑，天子觞西母余瑶池之上。"⑤撒泼：逞凶斗狠，无理取闹，元关汉卿《窦娥冤》第二折："浪荡乾坤，怎敢行凶撒泼，擅自勒死平民！"广寒宫：月宫。传说唐玄宗于八月望日（夏历月十五或十六日）游月中，见一大宫府，榜曰："广寒清虚之府"。见旧题为唐柳宗元《龙城录·明皇梦游广寒宫》。后因称月中仙宫为"广寒宫"。⑥风流仙子：指嫦娥。传说羿请不死之药于西王母，嫦娥窃之以奔月。说出《搜神记》。南朝宋颜延之《为织女赠牵牛》诗："婺（wù）女俪经星，嫦娥栖飞月。"婺即女宿星。⑦陪歇：方言，歇即过夜。四川少数地区今犹存此方言。陪歇即陪其过夜。⑧天关阙：即天阙，天宫。南朝宋颜延之《为织女赠牵牛》诗："惭无二媛灵，托身侍天阙。"⑨灵官：道教护法监坛神王灵官之省称。《夜谭随录·王侃》："弟亲见一神人，状类庙中所塑灵官然，入房来捉女。"旧时市廛多有灵官庙，其神面目狰狞，手握钢鞭，怒视群生，而香火颇盛。⑩拙：劣，不好。⑪灵霄：原指仙境。南朝梁陶弘景《真诰·运象篇》："（紫微夫人诗）良德飞霞照，遂感灵霄人。"后之说部渐以其为玉皇大帝之宫殿。始于《说岳全传》第八十回："一日，驾坐灵霄宝殿，两傍列着四大天师，文武圣众。"⑫福陵山：作者杜撰之名，意为福山。⑬鬣（liè）：猪、马、狮等颈上长毛。刚鬣：颈毛刚硬。

解 说

　　作者吴承恩（1501~1582），字汝忠，号射阳山人。淮安府山阳县（今江苏省淮安市楚州区）人。明代杰出的小说家，是四大名著之一《西游记》的作者。

　　本诗节选自作者所著《西游记》第十九回，为七言歌谣体。内容叙述孙悟空保护唐僧取经，途经高老庄得知高太公招了个妖怪做女婿，孙主动前去降妖，在双方相战前，此妖咏唱了这首诗歌，自述其身世。表明其原是天蓬元帅，酒后调戏嫦娥，遭玉帝重责，贬到下界，错投猪胎。悟空收伏此怪作了唐三藏徒弟，法名悟能。因不吃五荤三厌，起一别名叫猪八戒。

（何焱林补注）

猪八戒自述（之二）　　明·吴承恩

　　虽然人物丑，勤紧有些功①。若言千顷地，不用使牛耕；只消一顿钯，布种及时生。没雨能求雨，无风会唤风。房舍若嫌矮，起上二三层。地下不扫扫一扫，阴沟不通通一通。家里长短诸般事，踢天弄井我皆能②。

注 释

　　①勤紧：勤快。②踢天弄井：上天入地的活路都能干。

解 说

　　此诗是吴承恩《西游记》第二十三回猪八戒自唱的杂言歌谣。故事背景是唐僧师徒取经途中，路遇一富户人家，有一中年美妇携三个美丽少女，欲招师徒4人为夫婿。其余三人未为所动，只有猪八戒色心未改，主动念诵此诗推荐自己。最后反被戏弄一番，方知四美女为黎山老母、观音、普贤、文殊所化。此诗通俗明白，全用口语，把猪八戒那点能耐和优点介绍得一清二楚。

古代涉猪赋

大兰王九锡文　南朝·宋·袁淑

太亥十年九月乙亥朔，十三日丁亥，北燕伯使使者豪豨，册命大兰王曰：

"咨！惟君禀太阴之沉精，㦊群形于玄质①。体肥腯而洪茂②，长无心以游逸。资豢养于人主，虽无爵而有秩，此君之纯也。

君昔封国殷商，号曰豕氏③，叶隆当时，名垂于此，此君之美也。

白蹄彰于周诗，涉波应乎隆象，歌咏垂于人口，经钦簸而流响④，此君之德也。

君相与野游，惟君为雄；顾群数百，自西徂东⑤。俯喷沫则成雾，仰奋鬣则生风。猛毒必噬，有敌必攻。长驱直突，阵无全锋。此君之勇也。"

注释

①㦊（biào）：依附。玄质：指黑色。②肥腯（tú）：肥胖壮实。③豕氏：即豕韦。《国语》韦昭注："豕韦，彭姓之别封于豕韦者也。殷衰，二国相继

为商伯。"④白蹄：指猪脚，语见《诗经·小雅·渐渐之石》"有豕白蹄"。周诗：即指《诗经》。隆象：指下雨的征兆。《诗经·小雅·渐渐之石》："有豕白蹄，烝涉波矣，月离于毕，俾滂沱矣。"后来就认为母猪过河，天就会下雨。钦䨷：一种奇异的树木，内有猪样的怪物，见《太平御览》卷八八六引《白泽图》："钦䨷木，其中有虫，名曰賈诎，状如豚，食之如狗肉味。"但《法苑珠林》卷四十五引《白泽图》作千载木："又千载木其中有虫，名曰賈诎。状如豚有两头，烹而食之，如狗肉味。"故"钦䨷"亦可解为千载；《太平御览》引文正作"千载"。⑤徂（cú）：往。

解说

作者袁淑（408~453），字阳源，陈郡阳夏（今河南省太康县）人。好属文，有才辩。刘宋彭城王命为军司祭酒。临川王请为谘议参军。元嘉二十六年（449）为尚书吏部郎，累迁太子左卫。

此文是一篇给猪册封的游戏文章，录自《初学记》，原为摘录，并非全文。文中假设有个北燕使者豪豨，传达给大兰王的册命。以猪的典故，铺排成文。因亥支为猪，故假设年号为"太亥"。文中分为四段，先说猪性之纯，禀太阴玄质，体肥心逸；又说猪名之美，早在殷商，就封为豕韦氏。再说猪德之彰，《诗经·小雅》早有歌颂。最后说猪气之勇，能够冲锋陷阵。全文亦庄亦谐，层次井然。

交趾献奇兽赋 宋·司马光

皇帝御天下三十有六载①，化洽于人，德通于神，迩无不协②，远无不臻③。粤有交趾④，来献其麟⑤。其为状也，熊颈而鸟喙⑥，豨首而牛身⑦，犀则无角⑧，象而有鳞，其力甚武，其心则驯。盖遐方异气之产，故图牒靡得而询⑨。于是降轺车之使⑩，发旁县之民⑪，除涂于林岭之隘⑫，引舟于江淮之滨。旷时月而涉万里⑬，然后得入觐于中宸⑭。与夫雕题卉服之士⑮，南金象齿之珍⑯，款紫闼而坌入⑰，充彤庭而并陈⑱。

注释

①三十有六载：为仁宗嘉祐三年（1058），而其《进交趾献奇兽赋表》题注"嘉祐八年九月初三日上"。则此赋为献兽后五年所上。②迩（ěr）：近。无不协：无不协和。③臻（zhēn）：到达。④粤：同曰、于。交趾：地在今越南北部一带。⑤麟：麒麟，古传说中之仁兽，形状像鹿，头上有角，全身有鳞甲，尾像牛尾。盛世则麒麟出。从文中描述看，此兽非麒麟。可能为貆（huán）猪之类，或其个体变异。⑥噣（zhòu）：鸟嘴。⑦豨（xī）：猪。⑧犀（xī）：犀牛。⑨图谍：图书谱牒。靡得而询：不得而知，查询不到。⑩轺（yáo）车：轻便马车。一匹马拉的车。《说文》："轺，小车也。"《史记·季布栾布列传》："朱家乃乘轺车之洛阳，见汝阴侯滕公。"唐司马贞索隐："谓轻车，一马车也。"⑪旁县：邻近县份。⑫除涂：涂通途，清除路隘。⑬旷时月：旷费日月。⑭入觐（jìn）：朝见皇帝。《诗·大雅·韩奕》："韩侯入觐，以其介圭，入觐于王。"郑玄笺："诸侯秋见天子曰觐。"中宸（chén）：指皇宫。《说文》："宸，屋宇也。"⑮雕题：额头刺刻花纹。《礼记·王制》："南方曰蛮，雕题交趾。"郑玄注："雕文，谓刻其肌以丹青涅之。"卉服：草衣葛裳。《书·禹贡》："岛夷卉服。"孔传："南海岛夷，草服葛越。"孔颖达疏："舍人曰：'凡百草一名卉。'知卉服是草服，葛越也。葛越，南方布名，用葛为之。"⑯南金：南国之铜等贵金属，后指贵重之物。《诗·鲁颂·泮水》："元龟象齿，大赂南金。"毛传："南谓荆扬也。"郑笺："荆扬之州，贡金三品。"孔颖达疏："金即铜也。"⑰款：到达，归顺。紫闼：皇宫。《文选·陆机〈辨亡论上〉》："旋皇舆于夷庚，反帝座乎紫闼。"吕延济注："紫闼，帝宫也。"奔（bèn）入；一起进入。⑱彤庭：汉宫室以朱漆涂饰，故以彤庭称宫室，后泛指皇宫。班固《西都赋》："于是玄墀釦（kòu）砌，玉阶彤庭。"

于是群公卿士，百僚庶尹①，俨然垂绅②，荐笏旅进③；而称曰：陛下功冠邃古，化侔仪极④，恭承神祇，严奉宗稷⑤，纯孝烝烝，小心翼翼⑥。出入起居，不忘于训典⑦；进退周旋，必资于轨则⑧。体文王之卑服，遵大禹之菲食⑨。宫室观台，无砻刻之华⑩；舆马器用，无珠玉之饰。游必备于法驾，燕不废于朝夕⑪。此皆帝王所不能为，而陛下行之，尚不忘于怵惕⑫。是以方内乂宁，黎民滋殖⑬，垂髫之童，耳皆习于诗礼⑭；戴白之叟，目不睹乎金革⑮。至于根着浮流，跂行喙息⑯，无不翔舞太和，涵濡茂泽⑰。此殊俗所以向臻，灵兽所以来格⑱。虽汉室之初，黑鹏贡于绝徼⑲；周家之隆，白雉通于重译；殆不足方也⑳。臣等谓："宜命协律播之声歌㉑，诏太史编之简册，以发挥不世之鸿休㉒，张大无伦之丕绩㉓，不亦伟乎！"

注 释

①庶尹：诸官之长。《书·益稷》："百兽率舞，庶尹允谐。"孔传："尹，正也，众正官之长。"②俨然：庄重严肃。垂绅：大带长垂，《礼记·玉藻》："凡侍于君，绅垂。"孔颖达疏："绅，大带也。身直则带倚，磬折则带垂。"旅进：并进，同时趋进。唐薛用弱《集异记·王维》："岐王入曰：'承贵主出内，故携酒乐奉宴。'即令张筵，诸伶旅进。"③荐：执、举。笏（hù）：古朝臣上朝所持手板，用竹片、玉、象牙等制成，上可记事。④邃（suì）古：远古。侔（móu）：等同。仪极：天地之极则。语出《易·系辞上》："是故易有太极，是生两仪。"⑤神祇（qí）：天神地祇，天地之神。《史记·宋微子世家》："今殷民乃陋淫神祇之祀。"裴骃集解引马融曰："天曰神，地曰祇。"宗稷：宗庙社稷。《宋书·袁顗（yǐ）传》："王室不造，昏凶肆虐，神鼎将沦，宗稷几泯。"⑥烝烝：深厚。《书·尧典》："父顽、母嚚（yín）、象傲，克谐，以孝烝烝，乂不格奸。"王引之《经义述闻·尚书上》："谓之烝烝者，言孝德之厚美也。"翼翼：恭敬谨慎貌，《诗·大雅·大明》："惟此文王，小心翼翼。"郑玄笺："小心翼翼，恭慎貌。"⑦训典：先王典册，亦指先贤经典。《左传·文公六年》："告之训典，教之防利。"杜预注："训典，先王之书。"杨伯峻注："《楚语上》'教之训典，使知族类'，又下'又有左史倚相能道训典以叙百物'，《晋语八》'缉训典'，训典盖典章制度之书。"⑧轨则：规则。《史记·律书》："王者制事立法，物度轨则，一禀于六律。"⑨体：效法。文王：周文王姬昌。卑服：质地粗劣，样式简朴之衣服。《尚书·无逸》："文王卑服，即康功田功。"孔安国传："文王节俭，卑其衣服。"遵：遵循。菲食：菲薄之饮食。《论语·泰伯》："子曰：'禹，吾无间然矣，菲饮食而致孝乎鬼

神。"⑩观（guàn）：宫观，即阙。台：台榭。砻（lóng）：磨光磨平。刻：雕饰。法驾：皇帝卤簿之通称。《史记·吕太后本纪》："乃奉天子法驾，迎代王于邸。"裴骃集解引蔡邕曰："天子有大驾、小驾、法驾。法驾上所乘，曰金根车，驾六马，有五时副车，皆驾四马，侍中参乘，属车三十六乘。"⑪燕：燕乐。朝夕：早朝晚参。《诗·小雅·雨无正》："邦君诸侯，莫肯朝夕。"郑玄笺："王流在外，三公及诸随王而行者，皆无君臣之礼，不肯晨夜朝暮省王也。"⑫怵惕（chù tì）：戒惧。《书·冏命》："怵惕惟厉，中夜以兴，思免厥愆。"孔传："言常悚惧惟危，夜半以起，思所以免其过悔。"⑬方内：国内。乂（yì）宁：太平安宁。滋殖：繁衍增长。⑭垂髫（tiáo）：古时儿童垂下之头发。借指儿童或童年。《三国志·魏志·毛玠传》："臣垂龆执简，累勤取官。"诗礼：《诗经》《礼记》等儒家经典。⑮戴白：白发满头。《汉书·严助传》："天下赖宗庙之灵，方内大宁，戴白之老，不见兵革。"颜师古注："戴白，言白发在首。"不见金革：不见刀兵。⑯根着：植物。浮流：水生动物或两栖动物。跂行：爬行类动物。喙息：禽鸟。⑰太和：一作大和，天地冲和之气。《易·乾》："保合大和，乃利贞。"大，一本作"太"。朱熹本义："太和，阴阳会合冲和之气也。"涵濡：涵养浸润。唐元结《大唐中兴颂》："蠲除袄灾，瑞庆大来，凶徒逆俦，涵濡天休。"茂泽：丰厚之恩泽。⑱向臻：向往，归向。来格：格：到。来格，来到。《书·益稷》："戛击鸣球，搏拊琴瑟以咏，祖考来格。"孔传："此舜庙堂之乐，民悦其化，神歆其祀，礼备乐和，故以祖考来至明之。"⑲黑鹇（xián）：鸟类，尾长，雄鸟背为白色，有黑纹，腹部黑蓝色，雌鸟全身棕绿色，是有名的观赏鸟。绝徼（jiào）：绝远之边地。⑳白雉：白色野鸡，古以为瑞。《尚书大传》卷四："周公居摄六年，制礼作乐，天下和平。越裳以三象重译而献白雉。"重译：多重翻译。不足方：不足与今比较。㉑协律：谱成曲调。《汉书·王褒传》："上颇作歌诗，欲兴协律之事。"㉒简册：图书、史籍。不世之鸿休：亘古未有之伟业。㉓张大：张扬宏大。无伦：无与伦比。丕绩：伟业丰功。《书·大禹谟》："予懋乃德，嘉乃丕绩。"

皇帝乃穆然深思，愀然不怡①，曰："吾闻古圣人之治天下也，正心以为本，修身以为基；闺门睦而四海率服，朝众和而群生悦随②。

故务其近不务其远，急其大不急其微③。今邦虽康，未能复汉唐之宇；俗虽阜，未能追尧舜之时④。况物尚疵疠，而民犹怨咨⑤。朕何敢以未治而忘乱，未安而忘危；享四方之献，当三灵之厘⑥？且是兽也，生岭峤之外，出沮泽之湄⑦。得其来，吾德不为之大；纵其去，吾德不为之亏。奈何贪其琛赆之美，悦其鳞介之奇⑧，容其欺绐之语，听其诡诱之辞⑨；以惑远近之望，以为蛮夷之嗤⑩！不若以迎兽之劳，为迎士之用；养兽之费，为养贤之资⑪；使功烈炬赫，声明葳蕤⑫。废耳目一日之玩，为子孙万世之规⑬；岂不美欤⑭？"

注释

①穆然：沉静思索貌。愀（qiǎo）然：面色大变。《礼记·哀公问》："孔子愀然作色而对曰：'君之及此言也，百姓之德也。'"郑玄注："愀然，变动貌也。"②闺门：家室之内门；借指宫廷，家室。《礼记·乐记》："在闺门之内，父子兄弟同听之则莫不和亲。"率服：相率归服。《书·舜典》："柔远能迩，惇（dūn）德允元，而难任人，蛮夷率服。"朝众：朝廷众臣。群生：众民。悦随：乐于跟随。③此句意为做畿内境内之事，不去管境外远方之事；急关系国计民生之大事，不急怡悦耳目之小事。④康：安定。俗：指民众，亦指风俗。阜：富有。晋常璩《华阳国志》："是时世平道治，民物阜康。"⑤疵疠（cī lì）：灾害疫疠。《庄子·逍遥游》："其神凝，使物不疵疠而年谷熟。"成玄英疏："疵疠，疾病也。"怨咨：怨恨哀叹。⑥当：承受。三灵：日、月、星。《汉书·扬雄传上》："方将上猎三灵之囿，下决醴泉之滋。"颜师古注引如淳曰："三灵，日、月、星垂象之应也。"厘（xǐ）：同禧，赐福。⑦岭峤（qiáo）：五岭地区。宋沈括《梦溪笔谈·药议》："岭峤微草，凌冬不凋；并汾乔木，望秋先陨。"此处并汾指并州（今太原）、汾水，皆在山西境内。沮（jù）泽：水草丛生之沼泽地带。《礼记·王制》："司空执度度地，居民山川沮泽，时四时。"郑玄注："沮谓莱沛。"孔颖达疏引何胤曰："沮泽，下湿地也，草所生为莱，水所生为沛。言沮地是有水草之处也。"湄：河岸与水草交会处。⑧琛赆（chēn jìn）：琛为宝物，赆为纳贡，即进贡之宝物。鳞介：泛指有鳞及甲壳之动物，此指猪首奇兽。⑨容：容纳。欺绐（dài）：欺骗。汉桓

宽《盐铁论·褒贤》："主父偃以口舌取大官，窃权重，欺绐宗室。"听：听信。谄谀：谄媚阿谀。⑩惑：惑乱、迷惑。远近：远方近处之臣民。望：期望。嗤：耻笑。⑪养贤之资：奉养社会贤达的经费。功烈：功劳勋绩。《左传·襄公十九年》："铭其功烈，以示子孙。"⑫烜赫（xuān hè）：彰明昭著。汉荀悦《汉纪·成帝纪三》："以言事为罪，无烜赫之恶。"声明：声教文明。葳蕤（wēi ruí）：本指草木繁茂，借指声教文明繁华盛大。⑬规：规则，规矩。⑭欤（yú）：疑问叹词。

于是群臣拜手稽首①，咸曰："此盛德之事，臣等愚戆所不及②。陛下诚有意于此，臣等敢不同心竭力，对扬而行之③！"

皇帝于是御《棫朴》之篇，观《大畜》之繇④；延黄发之儒，显岩穴之秀⑤。善有可旌，无间于幽远⑥；言有可采，不弃于微陋⑦。位非德而不升，官无能而不授。使稷契居左，皋夔立右⑧，伊吕在前，周召侍后⑨；相与讲经艺之渊源，览皇王之步骤⑩。求大化之所未孚，访惠泽之所未究⑪。兴民之利，若疗夫饥渴；除民之害，若忧夫疾疢⑫。赐予简而功无所遗⑬，刑罚清而奸无所漏；浮费省而物不屈于求须，苛役蠲而农不妨于耘耨⑭。使之夏有葛而冬有裘，居有仓而行有糗⑮。丝纩之饶⑯，足以养其老；甘脆之余，足以慈其幼。地不加广而百姓足，赋不加多而县官富⑰。道涂之人⑱，耻争而喜让；闾阎之俗，弃漓而归厚⑲。户知礼义之方，人享期颐之寿⑳。然后旃裘之长，顿颡而奢服㉑；祝发之渠㉒，回面而奔走。靡不投利兵而袭冠带㉓，焚幨服而请印绶㉔。

注释

①拜手：古代男子跪拜礼的一种。跪后两手相拱，俯头至手。稽（qǐ）首：叩头至地，九拜中最恭敬者。②愚戆：愚笨戆直。③对扬：答谢颂扬，《书·说命下》："敢对扬天子之休命。"孔传："对，答也。答受美命而称扬之。"④御：诵读。《棫（yù）朴》之篇：《诗经·大雅》的一篇："芃芃（péng）棫朴，薪之槱（yǒu）之。"毛《传》："棫，白桵（ruí）也。朴，枹

(bāo) 木也。"喻文王广聚贤才。大畜：卦名（☰）。《易·大畜》孔颖达疏："谓之大畜者，干健上进，艮止在上，止而畜之，能畜止刚健，故曰大畜。"《彖》曰："刚上而尚贤，能止健，大正也。不家食吉，养贤也。"后用为延揽贤士之典。彖（tuàn）：《易经》中释卦义之辞称彖辞。繇（zhòu）：卜辞。南朝梁刘勰《文心雕龙·原道》："文王患忧，繇辞炳曜。"⑤黄发：老人头白，白久变黄，故以之指老者。《书·秦誓》："虽则云然，尚猷询兹黄发，则罔所愆。"岩穴：山洞，此指居处山、野中之隐逸、贤人。⑥旌：表彰。无间：没有间阻、隔离。幽远：幽僻遥远。⑦微陋：身世卑微，地位低下。⑧稷契：尧时贤臣。皋、夔：皋陶与夔。皋陶为舜之司法官，夔为舜之乐官，后世用指贤臣。⑨伊、吕：伊尹辅商汤灭夏，吕尚左文王、武王兴周。周、召（shào）：周公、召公。皆为文王之子，周武王之弟，周成王时共同辅佐成王，皆有美政。⑩经艺：儒家经典之总称。一作经蓺，古称六经为"六艺"。汉王充《论衡·艺增》："经艺万世不易，犹或出溢，增过其实。"亦即经学。皇王：古之圣王。《诗·大雅·文王有声》："四方攸同，皇王维辟。" 毛《传》："皇，大也。"⑪未孚：非大信，未普及。《左传·庄公十年》："公曰：'牺牲玉帛，弗敢加也。必以信。'对曰：'小信未孚，神弗福也。'"杜预注："孚，大信也。"未究：到达，穷尽。⑫疾疢（jiù）：疾病。《韩非子·显学》："无饥馑疾疢祸罪之殃独以贫穷者，非侈则惰也。"陈奇猷集释："疢，病也。"⑬赐予简：赏赐之物微薄。⑭不屈：不会穷尽。苛役：苛繁之徭役。蠲（juān）：除去。耘（yún）耨（nòu）：指田间中耕，亦泛指耕耘。⑮葛：葛布，作夏衣者。裘：皮衣，冬装。糗（qiǔ）：干粮，炒熟的米、面等。⑯纩（kuàng）：古指新丝绵。《小尔雅》："纩，绵也。絮之细者曰纩也。"后亦泛指棉絮。其时尚无棉花。饶：丰富。⑰甘脆：甜而酥脆之美食。赋：田赋捐税。县官：此指帝王。《史记·绛侯周勃世家》："庸知其盗买县官器，怒而上变告子，事连污条侯。"司马贞索隐："县官谓天子也。所以谓国家为县官者，《夏官》王畿内县即国都也。王者官天下，故曰县官也。"⑱涂：同途，道路。⑲闾阎（lǘyán）：里巷，泛指民间。漓（lí）：浅薄，狡猾。厚：厚道、真诚。⑳期颐：百年。《礼记·曲礼上》："百年曰期颐。"㉑旃（zhān）裘：旃同毡，旃裘：用兽毛制作之衣，亦指北方少数民族。《史记·匈奴列传》："自君王以下，咸食畜肉，衣其皮革，被旃裘。"顿颡（sǎng）：屈膝下拜，以额触地。表示请罪或投降。慑（zhé）服：畏惧屈服。《汉书·项籍传》："诸将慑服，莫敢枝梧。"㉒祝发：断发。《列子》："南国之人，祝发而裸。"渠：辈、彼等。㉓投利兵：放下锐利之兵器。袭冠带：指接受教化。穿着中华衣冠，趋向文明。㉔僭（jiàn）服：僭越的服装，指妄自称王称帝者。印：印鉴。绶（shòu）：系印丝带。即接受朝廷之官诰，归服王化。

于是三光澄清，万灵敷佑①，风雨时若，百稼丰茂②。休气充塞，殊祥辐辏③，甘露霢霂于林薄，醴泉觱沸于嵌窦④。华茎罗植于阶戺，朱草丛生于庭霤⑤。凤凰长离，骈枝而结巢；黄龙驺虞，群友而为畜⑥。由是观之，则彼裔夷之凡禽，瘴海之怪兽⑦，皮不足以备车甲，肉不足以登俎豆⑧，夫又何足以耗水衡之刍，而污百里之囿者哉⑨！

注释

①三光：日月星。《庄子·说剑》："上法圆天以顺三光，下法方地以顺四时，中和民意以安四乡。"万灵：万方神灵，或众多神灵。《史记·封禅书》："黄帝接万灵明廷。"敷佑：庇护保佑。《书·金縢》："乃命于帝庭，敷佑四方。"②时若：四时和顺。百稼：众多作物。③休气：祥和之气。班固《白虎通·封禅》："阴阳和，万物序，休气充塞。"辐辏（còu）：一作辐凑，集中，聚焦；像车辐条连接于车轮中心。《管子·任法》："群臣修通辐凑以事其主，百姓辑睦听令道法以从其事。"《文子·微明》："志大者，兼包万国，一齐殊俗，是非辐辏，中为之毂也。"④甘露：甘美之雨露。《老子》："天地相合，以降甘露。"霢霂（mài mù）：沾濡、润泽。林薄：草木丛生处。《楚辞·九章·涉江》："露申辛夷，死林薄兮。"王逸注："丛木曰林，草木交错曰薄。"醴（lǐ）泉：甘泉，《礼记·礼运》："故天降膏露，地出醴泉。"觱（bì）沸：泉水涌出。《诗·小雅·采菽》："觱沸槛泉，言采其芹。"毛传："觱沸，泉出貌。"嵌窦（qiàn dòu）：泉眼。杜甫《园人送瓜》诗："竹竿接嵌窦，引注来鸟道。"仇兆鳌注："窦嵌，谓泉穴。"⑤华茎：即灵芝。阶戺（shì）：台阶两旁所砌斜石，一指堂前。《书·顾命》："四人綦弁，执戈上刃，夹两阶戺。"

孔传:"堂廉曰呧,士所立处。"朱草:红色草,古以为祥。《鹖冠子·度万》:"膏露降,白丹发,醴泉出,朱草生,众祥具。"庭霤(liù):庭院中之屋檐下。⑥长离:古代传说中的灵鸟。一说为神名。《汉书·司马相如传》:"左玄冥而右黔雷兮,前长离而后矞皇。"颜师古注、"长离,灵鸟也。服虔曰:皆神名也。"《后汉书·张衡传》:"前长离使拂羽兮,委水衡乎玄冥。"李贤注:"长离,即凤也。"故长离一作凤之别称。骈枝:并枝。黄龙:帝王瑞征。《吕氏春秋·知分》:"禹南省,方济乎江,黄龙负舟。"驺虞:仁义之兽。《诗·召南·驺虞》:"彼茁者葭,壹发五豝,于嗟乎驺虞。"毛传:"驺虞,义兽也。白虎,黑文,不食生物,有至信之德则应之。"为畜(xù):为皇家所养。⑦裔夷:边远之夷人。凡禽:普通禽鸟。瘴海:瘴气如海。一般指南方瘴气盛大之地。⑧备车甲:制备车中之坐垫,身上之甲胄。俎(zǔ)豆:古代祭祀宴飨时两种盛食物之礼器,亦泛指各种礼器。汉班固《东都赋》:"献酬交错,俎豆莘莘。下舞上歌,蹈德咏仁。"水衡:古官名,管理山林水泽。《汉书·百官公卿表》"水衡都尉"颜师古注引应劭曰:"古山林之官曰衡,掌诸池苑,故称水衡。"刍(chú):喂养牲口之草料。囿:苑囿,指皇家园林。

解说

作者司马光(1019~1086),字君实,号迁夫,晚年号迁叟,世称涑水先生。北宋陕州夏县涑水乡(今山西运城地区夏县)人。宋人袁说友著《成都文类》,记司马光是在他父亲司马池任光山(今河南光山县西北)知县时,生于县衙官舍的,该观点已为当今多数专家学者认同。宝元初(1038)进士。历仕仁宗、英宗、神宗、哲宗四朝,为有宋一代著名文学家、史学家,赠太师、温国公,谥文正。以其为主修撰之《资治通鉴》,为我国重要历史著作。此外尚有《通鉴举要历》八十卷、《稽古录》二十卷、《本朝百官公卿表》六卷。他在文学、经学、哲学乃至医学方面都进行过钻研和著述。

此赋实为托物讽谏之作。交趾所献奇兽,豨首而牛身,可能为野猪或狙猪一类动物之个体变异。先是群臣唱赞美之歌,以为天子德高而瑞降,要求编之简册,播之声歌,以张大天子治国之丰功伟绩。接着写天子圣明。众人喋喋声中,唯有天子看到何所当务,何所不为,指出天子应当"正心以为本,修身以为基"。

这里司马光提出了一个有国者、从政者的价值取向问题,是以珍禽异兽、金玉玩好为宝?还是以佳禾良禽、贤才达人为宝?是以远人来朝,外臣献谀为宝?还是民康物阜,国泰民安为宝?这个问题,不仅宋时诸帝未能解决得好,历代帝王也没有几人能解决得好。最后皇帝表示"以迎兽之劳,为迎士之用,以养兽之费,为养贤之资",诚能如此,则人才得用,耗费可省,宋室才可平安。

有宋一代,外有强敌,内有民怨,只有以出银出绢,买得辽、夏的手下留情。然而,宋家天子实际上振作者少,浮华者多,用贤者少,好谄者多。到得靖康之役。徽、钦二帝作了金国俘虏,北宋随之覆灭。所谓二帝北狩于五国城,最后饥寒交迫,死于囚地。

此文之技巧,在于不是作者本人"文死谏",而是借说群臣戆愚,天子睿智,由天子说出作者想说的话。本文语言畅达,辩说明析,气势雄浑,辞藻华赡,具备了宋人以文论入赋的特色。

(何焱林注)

编后记

本辑由《戌狗卷》与《亥猪卷》组成。《三字经》云："马牛羊，鸡犬豕。"狗与猪紧紧相邻。十二生肖之戌狗与亥猪也紧紧相连接，可见这两种家畜关系十分密切。屈指算来，马不是每一家都养得起的，耕牛也未必家家都有，而且两者主要都用于外事，马在外面走，牛在田里耕。马牛羊都吃草料，都在草地、山间放牧。狗与猪却基本在家里，吃主人家的残汤剩水，狗则看家护院，防范外人入侵；猪则无所事事，吃了睡，睡了吃，准备有一天挨刀。

狗与猪在史前时代即已为人所驯化。狗还被称为人类最忠实的朋友，而且是一个不嫌贫，不爱富，从一而终的朋友，民谚有云："儿不嫌母丑，狗不嫌家贫。"即令主人家徒四壁，舀水不上锅，只要主人不下逐客令，狗还是对主人不离不弃，守护着寒窑破屋，命运与共。即使契阔多年，狗一见到旧主，还是会摇尾摆尾，呜呜嘶鸣，扑上来表示亲热。即令离家数千里，有的狗也会跋山涉水，找回旧主之家。至于义犬救主的故事，中外皆有，本书就收有狗碾草报主的故事：狗用体毛在附近池里沾水，不断将醉得不省人事，卧于草地上的主人身边草打湿，使主人于燎原大火中幸免于难。美国作家杰克·伦敦写过一篇小说《荒野的呼唤》，叙述一只狗为了救主，敢于与狼群相持，最终虽未救得主人，其遇强敌而不退缩，为救主人不惜舍命一搏的勇气，令人不得不嘉其忠勇。

狗之最早成名者或许是盘瓠，那是高辛氏时代的一条神犬，不过那是后人伪托。载于书传的最早当是《尚书·旅獒》中之西旅所贡之獒犬。其后韩子卢、晋獒等陆续登场，名犬、义犬、智犬之行列越来越庞大。而以贾岱宗之《大狗赋》把狗之威猛与智慧夸张到了极致，夸张到了吓人的程度。

狗中神通最广大的要数二郎神的哮天犬，它曾力助二郎神逮住了孙悟空，解除了玉皇大帝的燃眉之急。在本书里，哮天犬也崭露头角，那就是收服猪八戒。别看猪八戒在《西游记》里十次出场，九次栽跟斗，在本书里，猪八戒却是一等一的高手，连孙悟空也奈何他不得，请来二郎神，二郎神也只有放出哮天犬,一口将其咬翻。猪八戒终于离开了裴小姐(不是《西游记》里的高小姐),皈依了唐三藏,成了去西天取经的干员,合了四川民间那几句谚语:"人之初,狗咬猪。咬不到,伛粗粗。"不过后面两句要改成"咬得到,乐乎乎"了。

过去城市里不准养狗,长时间城市里几不闻鸡犬之声。狗禁一开,却又到处都养,有钱人养,无钱人养,流浪汉也养;养小狗,养大狗,犬吠声几乎昼夜不绝于耳,而且到处拉屎,尤其僻街小巷,几乎到处可见秽物,真所谓过犹不及。

写猪的诗赋偏少,以赋论,涉其他生肖的赋都不止一篇,而穷搜箧底,翻箱倒柜,搜到写猪的赋,严格说,类猪赋,只有二篇,即南朝宋·袁淑之《大兰王九锡文》、司马光的《交趾献奇兽赋》。袁淑之文,不过游戏文字。不知文人们对六畜之一、太牢之一的猪,何以如此冷落。也许人们觉得它懒:不像马可以跑路,牛可以耕地,犬可以护家、打猎,猪就知道吃了睡,睡了吃;脏:吃喝拉撒都在一个地方,常在烂泥塘里拱。其实猪在人类生活中至今仍扮演着重要角色,尤其国人,除少数民族及少数人,一生也离不开猪肉。中国古人更离不开猪,祭天、祭神、祭祖的太牢有猪,少牢也有猪。在塑料制品大量使用前,猪鬃更是制毛刷的重要原材料,也是我国出口换汇的大宗产品,当时我国出口的猪鬃,对国际猪鬃市场价格,有举足轻重的影响。

猪在各种神魔小说里,传奇里,是出场极少的角色,连与淮南王刘安一起升天的,也只有鸡犬,没有猪。不过,《西游记》里,猪却是一个开心果,凡是他办的事,十有九回要出娄子,但最终还是化险为夷,师徒们又可以问"路在何方",牵马挑担,去完成取经大业了。试设想,《西游记》里没有猪八戒,将会减少多少趣味,损却几许风光?

十二生肖中,唯猴儿孙悟空、猪儿猪八戒,修成正果,出了大名,举世皆知。即使在玉皇大帝老爷子那里,孙悟空也是齐天大圣,猪悟能也是天蓬元帅,也是当大差的主儿,与托塔天王、太上老君等有得一比,为其他生肖,包括龙、虎所不及。属猪属猴的读者,与有荣焉。

本书从《诗经》《楚辞》直到清代的诸多涉及戌狗、亥猪两生肖的诗赋中,尽可能地选出情文并茂的作品,以飨读者,并作必要的注释与解说导读,为读者扫除阅读的障碍。相信读者能从这些作品中不仅能欣赏到诗赋之美,也

编后记

能从作者的撰述中了解作者所处时代的风俗人情及社会动态。增加各方面的知识。

  本书按诗、词、曲、赋顺序，并以作者出生年月的先后排列作品，先秦文学作品《诗经》《楚辞》等一般分章排列，古风、歌行及排律等诗体，一般连排。近体诗，即五言绝、律，七言绝、律，则两行一排。赋则分段连排。接下来是注释，解说。对于较难读之字，用汉语拼音注音，以便读者阅读。

  由于我们水平有限，资料不全，难免讹误，敬希读者不吝赐教。

  本辑《戌狗卷》由冯广宏校改，何焱林核补。《亥猪卷》由冯广宏校改，何焱林核补。

编者识

跋

《中国生肖诗歌大典》丛书,经编辑同仁集体努力,历时三年,数易寒暑,几经修改增补,终于成书付梓。

由于我国国力日益提高,人民生活日益改善,建设全面小康社会的步伐日益加速,中华传统文化向世界范围不断广延与拓展,生肖文化不仅为国人喜爱,也逐渐得到其他许多民族的认同与喜爱,国外不时有生肖邮票发行等活动便是明证。随着生肖文化日益升温,国内有关生肖文化的书籍也益见增多。但这些书籍,多从民俗文化的层面着眼,多为民间传说与民间故事组成,有的虽有涉及十二生肖诗、词、曲、赋等传统文学作品的评介,但大多分散零落,不成体系。而涉及十二生肖的诗、词、曲、赋作品,从先秦以至清末,可谓汗牛充栋,堪称洋洋大观。广大生肖文化爱好者,又渴望系统地阅读这些文学作品。2009年初,四川省政协主席陶武先先生高屋建瓴,廓开创意,并指示成都市文联选编一部有关十二生肖诗词曲赋的精品系列丛书,以填补生肖文化的空白,为广大文化工作者及生肖文化爱好者提供一份科学性、艺术性兼具的精神食粮。这一前瞻性创见,得到时任成都市文联书记杨吉成先生等人的积极落实。经过调研与考察,决定成立编委会及专家组;有鉴于生肖诗文化卷帙浩繁,非众力实难胜任,于是将这一浩大文化工程,交由成都市诗词楹联学会组织精干力量完成。

2010年3月28日,学会负责人刘雅兰召集会议,把《中国生肖诗歌大典》丛书相关编辑任务作了仔细传达,并宣布,此项光荣而艰巨的任务,为学会工作重中之重,并作了搜集资料的动员及组织部署。会后作了周密计划,妥善安排,积极开展工作。

一、组织资料收集,动员学会广大会员积极参与,到图书馆等地方及互联网等信息源收集并抄录有关资料。

二、成立编辑组,推荐学会学养较为深厚的人员组成编辑班子。

三、报请文联购买有关参考书。

四、成立秘书处,负责资料管理、会务记录、后勤供应及定期、不定期与文联及其他相关单位联系。

2010年4月28日，学会召开会议，了解资料搜集情况，编辑人员的到位和分工，并传达成都市文联发出的《中国生肖诗歌大典编辑办法》，确定本套书以古人吟咏生肖的古体诗、词、曲、赋为主，时间界限是先秦至清代。每一生肖可单独编成一卷，以反映生肖文化积淀。每卷在广泛收集资料的基础上，精选在历史上有一定影响的名人名作入编，入编诗歌的具体数量，视资料收集情况而定，也可节录生肖诗歌名段、名句入编。若录全诗，必须注说。

承担各卷编辑情况如下：

总述卷——主编冯广宏、何焱林；

子鼠卷——主编肖炬；

丑牛卷——主编何焱林、李朝华；

寅虎卷——主编李之正、陈述爵；

卯兔卷——主编柳于林、冯广宏；

辰龙卷——主编杨大明、肖炬；

巳蛇卷——主编袁建章、范佑鸾；

午马卷——主编袁建章、范佑鸾；

未羊卷——主编唐荣基、王玉芬；

申猴卷——主编陈述爵；

酉鸡卷——主编马春、罗洪深；

戌狗卷——主编柳于林、陈独愚；

亥猪卷——主编袁建章、范佑鸾；

李之正负责子、丑、寅、卯、辰、巳等六卷，何焱林负责午、未、申、酉、戌、亥等六卷赋的注释与解说。后增者不在此列。

在资料搜集中，参与者上百人次。所收搜集资料约一百五十万字，其中，冯广宏从光盘版《四库全书》中摘取了历代赋文和吟咏生肖动物的大量诗词，下载后交由秘书组复印分发，解决了资料集方面的一大困难。经编辑人员初次筛选出约一百二十万字，校订稿近九十万字。

十二生肖的资料，时间跨度上下五千年，作者遍及诸子百家，编辑工作量很大。为了做好此项工作，大家皆不顾疲劳，默默耕耘，经冬历春，冒暑冲寒。许多会员在搜集关键性资料，或查找文献中几乎昏倒在图书馆内；或夜间盗汗，打湿被褥，在医院打点滴，仍然笔耕不辍。多数人对电脑打字不熟悉，编稿全用手写，然后在外打印，反复修改，数易其稿，形成电子文档。在编书过程中出现的种种感人事迹，体现出编辑人员对传统文化的热爱及无私奉献精神。

　　编辑第一阶段：完成初稿。2011年上半年，各卷初稿先后编毕，文联发来统计表，要求填写各卷资料来源、数量，编辑字数，人员简历等，学会亦相应召开会议，汇总情况，及时向文联报告。这时发现初稿成于众手，规格和文风不尽一致，而且注释、解说也存在一些疏漏；特别是各卷资料数量不平衡，如涉马的诗赋偏多，涉蛇、猪的诗文偏少，各生肖自成一卷则书之厚薄差异太大；决定适当合并一些卷册，最后决定编成6个分册（辑），即《总论》与《子鼠》卷合为第一分册；《丑牛》《寅虎》卷合为第二分册；《卯兔》《辰龙》《巳蛇卷》合为第三分册；《午马》《未羊》卷合为第四分册，《申猴》《酉鸡》卷合为第五分册；《戌狗》《亥猪》卷合为第六分册，同时补充"注释"与"解说"，并增加其细度，进一步挖掘材料，补充数量少的卷册，使各册基本均衡。

　　编辑第二阶段：校核增补。2011下半年，校核组由三人组成，冯广宏负责统一体例，并修改补充各卷导言；何焱林负责审改补充各卷注释；陈述爵负责统看全稿，并对解说部分进行重点文字加工。虽然有这些分工存在，实际上大家都在统稿，遇见问题皆及时解决，这一过程中，何焱林作的注释解说数量最多。初稿字用黑色，补充修改时各自采用一种彩色；最后整理出的送审稿上，五颜六色，有如锦绣。

　　编辑第三阶段：专家审稿。2012年4月，学会将稿件送文联，由文联邀请的专家进行审议。2012年7月19日，在市文联召开了听取专家审核意见会议，由市文联主席梁红主持，出席的有文学处处长代兵；专家有周裕锴、吴明贤、谭继和、杨吉成、周啸天（因事未出席）；学会人员有负责人刘雅兰，秘书处刘保东，编撰校核成员冯广宏、陈述爵、何焱林。专家们对书稿作了基本肯定，并各自提出修订意见，着重指出体例不统一，编排不统一，分类有问题，作者未按出生年代排序，一些作品遗漏未选，有些选题不经典，不该选的应该删除，一些注说有误或不当，有些注释欠缺，注释有误等宝贵意见；肯定赋的注释与解说较好，提出补充篇目，增加注释，统一体例等建议。

编辑第四阶段：再次加工。2012年7月底，学会组织人员，仍按过去分工，根据专家意见进行修改，尽可能做到精加工、深加工。冯广宏将各卷导言作了文字加工，陈述爵、何焱林修改和补充注释，并增加了诗及赋的篇目、注释及解说，共增加诗百余首，赋二十余篇。经过补充、润色，更加丰富、充实了本书内容，使本书更具学术性、系统性与可读性。

在本书编辑过程中，杨吉成先生一再传达省政协陶武先主席对本书编辑的意见，即要求突出丛书的唯一性、创造性，做成全国一流的文化精品，做成经典，以及对编辑同仁的关怀。杨吉成先生还多次对本书的编撰提出宝贵建议及改进意见。市文联梁红副主席、代兵处长等均十分关注本书的编辑工作，不时询问编辑进展情况，提供指导性意见。

在本丛书即将问世之际，谨向关注、支持本书编辑的领导、诗友、学者、各界友人、出版单位，深表谢忱！

谢谢。

编者识